红棉灼灼

——讴歌广东老区征文优秀作品集

广东省老区建设促进会 编

SPM 南方出版传媒 广东人民出版社

·广州·

图书在版编目（CIP）数据

红棉灼灼：讴歌广东老区征文优秀作品集／广东省老区建设促进会编. —广州：广东人民出版社，2019. 9（2023.1重印）

ISBN 978-7-218-13786-5

Ⅰ. ①红… Ⅱ. ①广… Ⅲ. ①中国文学－当代文学－作品综合集 Ⅳ. ①I217. 1

中国版本图书馆 CIP 数据核字（2019）第 173147 号

Hongmian Zhuozhuo——Quge Guangdong Laoqu Zhengwen Youxiu Zuopinji

红棉灼灼——讴歌广东老区征文优秀作品集

广东省老区建设促进会　编

出 版 人：肖风华

责任编辑：宁　南

责任技编：吴彦斌　周星奎

封面设计：张力平

出版发行：广东人民出版社

地　　址：广州市大沙头四马路10号（邮政编码：510199）

电　　话：（020）85716809（总编室）

传　　真：（020）83289585

网　　址：http://www. gdpph. com

印　　刷：永清县晔盛亚胶印有限公司

开　　本：640mm×970mm　1/16

印　　张：16. 125　　**插　页：**2　　**字　数：**195 千

版　　次：2019年9月第1版

印　　次：2023年1月第2次印刷

定　　价：68.00 元

目录

诗歌类

散文类

报告文学类

序：红棉枝头春意闹

陈开枝

当徐徐的春风吹拂岭南的原野，丝丝春雨滋润着南粤大地，你会惊喜地发现，仿佛一夜之间，那伫立在街头、村口、路边，伫立在蜿蜒秀丽珠江岸边的一棵棵、一排排木棉树，沐浴着明媚的春光，枝头上的花朵扬瓣怒放，一朵比一朵鲜美，一朵比一朵俏丽，争相斗艳，似一幅幅生动迷人的闹春图。宋人宋祁词曰：“红杏枝头春意闹”，我觉得岭南红棉枝头更闹春……

读着《红棉灼灼——讴歌广东老区征文优秀作品集》，我油然有了上述的感觉。

广东是中国新民主主义革命的策源地之一，革命老区遍布全省城乡。从珠江三角洲到粤北山区，从海陆丰到雷州半岛……无数革命前辈、仁人志士为了民族的独立、祖国的解放，抛头颅、洒热血。老区人民用巨大的牺牲和贡献，孕育了新中国的诞生。

中华人民共和国成立以来，广东老区获得新生，旧貌变新颜。但不可否认，除珠江三角洲的老区外，我省部分老区发展仍较滞后。崇山峻岭或偏僻之所从前是革命的屏障，如今却成了发展的障碍。

四十年前北京响起的一声春雷，在中华广袤的大地上掀起了改革开放的滚滚春潮。首先跃上潮头的广东，一路奔腾向前。沐浴着改革开放春风春雨的广大老区，像挺立在南粤大地上的木棉树一样，迸发出勃勃生机，花枝摇曳春意闹——

过去崎岖的山道，或是村边的小路，如今却出现了公路、高速公路，甚至银灰色的高铁竟像长龙一样，从山洞里钻出来，奔驰而去……这是老区路的“交响”。

曾是单调的田野，如今色彩斑斓。瓜果的香味与从农副产品加工厂飘来的异香，沁人心脾。连着田野芳草萋萋的山溪，竟是新辟的游人如鲫的景点……这是老区田园的“合唱”。

往昔破旧的泥砖房，却见新房、新村井然，绿树环绕，与村外秀丽的田园风光交织在一起，构成了一幅幅令人目不暇接的画图。

当然，随着景物变化的，还有在改革开放大潮中涌现出来的开拓精神、奋斗意识、琴韵书声，更有那永志不忘、代代相承的老区精神。那不灭的红色基因、老区精神如高高挺立的英雄树，花开灼灼，殷红如血，似火炬高擎，激励后人。

……

以上说到或未说到的，都在这本征文集里体现出来。

为了纪念改革开放四十周年给老区带来的巨大变化，广东省老区建设促进会于2018年春举办了征文活动。一时间，诗歌、散文、报告文学，一篇篇如雪片飞来。甚至，连外省的作者也热情来文。

于是，省老区建设促进会请来了省作协的专家、作家进行评选，一二三等奖作品全收入在集子里。

如果你细细读来，就会发现，集子里不乏思想性艺术性相融合的作品。而不同风格的作品，又会令你如尝百果。当然，应征者多是各行各业的业余作者，也许，有的作品会嫩了一些，主题还可挖掘得更深一些。但是由于他们都是改革开放的参与者、实践者，他们拿起笔来，我手写我心，把所见所闻诉之笔端，因此作品都充满真情实感，更接地气，更为真实和更有历史感。这正如鲁迅先生所说的：“从喷泉里出来的都是水，从血管出来的都是血。”这样的作品有其不同一般的价值，有其可贵之处。

四十年老区翻天覆地的变化，坚定了我们前进的步伐。“将改革开放进行到底”——新时代的一声春雷，更使我们信心百倍。南粤大地，红棉枝头依然春意闹。春风化雨，春华秋实，经过下一个四十年甚至更长一点的时间，在党和政府的领导下，经过老区人民的艰苦奋斗，老区定能迎来一个沉甸甸的收获的金秋。时代的列车将载着老区人民的期盼，在稻浪翻滚、瓜果飘香中穿行，一直奔向那金光灿灿、鲜花盛开的远方。

是为序。

（本文作者系广东省老区建设促进会会长）

诗歌类

乡村·围楼

徐　颖

一

谁知道，多少瓦片排列出
一段岁月的栖息地
谁知道，多少瓦背屋排列成
历史的云烟、风霜
谁知道，多少希冀之瓦压弯了
蹉跎的目光

镜头对准一间，独特的个性
钟情高低不平的延伸问号
必须选择至高点
必须找准角度
风景就这样美丽着你我他……

田园是乡村的牧场
尽情放牧心灵
田野是乡村最佳的宣纸
尽情描绘梦想
禾苗是乡村恣意的口粮

喂养烟火与远方

围楼是瓦背屋的岗哨
也是乡村的脊梁
穿越时光的火线，依然挺直腰杆
围楼是乡村的印章
盖上，带着走向梦的不同方向
围楼，是乡村的灯塔
看见它，无论多远都能将定位分享

二

夜，提出一桶牛奶热水
围楼，静静泡澡
星星一颗一颗浮起于水面
吸走疲劳与沉重
围楼，半眯着眼睛看
人来人往，分不清熟悉与陌生
一拨又一拨，走远还频频回头
一群又一群，依稀每人相同模样
根的守候收割走风霜与距离

一个又一个人的故乡，排列
一片片瓦
大山深处，排列出一座奇迹
引无数探究、欣赏、挖掘淤泥上的伫立
宏大、独立、安逸、延伸
777 间房子永远填不满

空气流进去，饱吸了营养
带着根的期待飞翔在无垠的蓝空
望不到边际的海洋

小山脚下，一座又一座席地而坐
村庄与围楼相抱，酣梦延伸
防御构成目标，防御不是终极
很多故事防不胜防
带着烟火的围楼并不孤独
它们席地而坐，坐成一个个符号
它们随意洒落，星星一样对应自己的位置
它们饮着霜雨，云淡风轻
它们的目光渐渐失去光泽，活在回忆中

三

一群拿着长枪短炮的人来了
踏遍每一座围楼
挖掘每一个最美角度，勾勒心中最美的画卷
尽管，画面上有血有泪
尽管，相片中有笑有沉默
尽管，思绪内有皱纹有高山与溪流
他们只想把美，美到极致
把历史刻画成永恒
让痛从骨质上无限舒张
让爱植入灵魂

围楼，不是终点

围楼是村庄的一个缩影
沿着村巷，追寻坠入地下的脚步
寻找勾引眼球的风物
聆听每一块青砖堆砌的秘密
弹奏每一个窗子流淌的琴棋书画
丈量历史标签的长短
还有坐在门口的影子，如何与岁月一起凝固

门楣上贴着积淀
门楣上雕画着荣升、败落、搬迁……
门楣上定格着标语
门楣上刻着故事与传说
触摸一下，电流依然流转
触摸也许是犯忌
触摸也许就惊讶了真相
触摸与触碰都会引发战争
手，赶紧回到自己的衣兜里安静乖巧

四

走过石子路就走过了红尘的沉重
走过了荣光就走过了一粒粒光滑后面的喘息
还有孩童无忌的欢呼
牛、猪、狗的各种一样不一样的日常生活
鸡鸭鹅不同的悠闲与挨宰的命运

青草青，是一种自然更替
青草青，在村巷是一种无法言喻的泣悲

青草青，在脚下延伸着一种目光
指尖滑过椭圆的围楼
独特个性的围楼吊几十年循环的一种土馒头
土馒头里的邻居玩伴成了别人的新娘
土馒头下面是我青青香香的菜园
如今长满青草的荒地
只有亲手种的竹子还在青青
亲手栽的土蕉还在一年年结着果实

沈所，五所之一
这里曾停留过铁马刀剑的影子
外营，五营之一
这里曾惨烈着英雄故事
花山平湖，只有唯一
供应着始兴城区生命的源泉
落羽杉，醉美风景
铜钟寨，蕴含着古今命运抗争的不屈
沈所墟，古代繁华的一个记号

如今，全都化为一个个乡村
凝聚成一座座围楼
冲破围楼禁锢
弄潮新时代不一样的浪潮
每一种思绪都历经阵痛
每一个村庄空了的不仅仅是守候
每一个村庄生长的是新的创造
每一个村庄开拓着属于自己的高速路径

（一等奖　作者单位：广州信诺文化传播有限公司）

回到乡园（五首）

陈俊秀

回　觅

回到村中庙山
回望庙前榕树撑起的大伞
寻觅榕伞下的原木凳子
寻觅凳子旁边的鲜体书案

莫非真要从树皮的裂口
突破年轮砌起的城垣
才能把封存的记忆掏出
才不至于被逝水冲淡

榕根咬紧黄土青筋凸露
榕干上的大疤痕似圆非圆
原木凳子长出些许苍凉
鲜体书案长成一副陌生脸面
榕果在我头顶打下粘稠的印记
故意戏弄当初的少年

榕树上的蝉儿空说知了

根本无法唤回已经散去的云烟
唯有风中飘落的榕叶，仍像当年
曾与贪婪阅读相伴的书签

田　埂

旷野开阡陌
田埂上青草纤纤
朴实的草根儿纷繁的梦
一岁一荣枯
演绎着更替的自然

春来了
水何澹澹
半似沉浮的田埂
围拢鱼儿的温馨
编织蛙儿的浪漫
伴随生生不息的繁衍

秋风起
十月酬勤
醉意朦胧的田埂
拥抱成熟
见证收获
感受金色的沉甸甸

纵横的田埂八达的路
始行的脚印

知在谁边
试从那踏陷的沟槽
觅读沧桑的遗痕
辨识乡土的嬗变

顿闪一念
倘若没有田埂的点缀
原野也许留下
无垠的呆板
莫名的惋惜
不尽的慨叹
生活呢，何尝不要
分野的界线

故园秋雨后

过了重阳
又见微雨纷扬
故园的壤土
于无声中膨润
散发着淡淡幽香
忽然间，正欲探头的瓣儿
从畦上碎土的缝隙
露出些许嫩黄
天现霁色，斜阳下
满园摇头晃脑的都是
刚刚冒出的豆苗瓜菜秧

独坐沙洲

独来村外沙洲
坐上那块冰凉的石头
不见过往的帆影
只见一叶小小的草篷渔舟
只见几只觅食的鸭子
咿咿呀呀随波逐流

我像儿时那般歪着脑袋
斜看江面闪光的褶皱
嘀！汩汩流淌的水
声如吟诗的节奏
忽然阵风吹来，吹进心海
煽起骚痒痒的潮头
于是，捧起江水揉搓
果真揉成诗行
湿淋淋地投入衣兜

江天上的流云
一会儿状若飞禽
一会儿又变成走兽
一会儿宛如耸立的奇峰
一会儿仿似随风飘动的棉球
习惯性的我，一边作沙上的描摹
一边又作记忆芯片的镌镂

沙洲外的水悠悠
沙洲上空的云悠悠
独坐沙洲的我也悠悠

江上打鱼人

驾竹筏拥波
撒银网笼浪
鱼篓满了
登岸赶圩去吧
顺手捎回一瓶白酒
莫道对影独酌不酣畅

闲来踏浪而歌
不是轻狂
那湿漉漉的调子
融入江风也悠扬
可别管他
月明星稀月落乌啼
熄掉孤单的渔火
自个儿枕流卧筏
又去徜徉水上梦乡

（一等奖　作者单位：茂名日报社）

故　乡（组诗）

祝耀安

传说的故乡

罗隐曾指点曾叹惜这是块宝地
是天意是嫉妒他又遗落了乌石岭
像千百年痛苦地晃动着的沉重锁链
紧锁着黄连河吐出的明珠
连同故乡人结痂的心

于是你以盘古创造后羿一颗太阳的名义
在竹林中昏睡千百年
游戏仙人的足迹却因此而编进了故事
古榕大钟白蛇乌石毛发绒绒的罗熊婆
在一番番严肃得可笑的
骚动和欺骗的洗劫中销声匿迹

黄连河在默默地为别人给自己编的故事
感动得潸潸垂泪
在这新生了又荒芜
荒芜了又新生的贫瘠土地
在这希望升起、梦幻破灭

梦幻破灭、希望又升起的黄土地
经受了多少次分娩的痛苦、血洗的灾难
埋葬了祖祖辈辈又养育了子子孙孙
依然得不到柳拂的甘露
历史的垂青
(这是传说，但不是历史)

历史的故乡

地图上找不到代表你的黑点
县志里查不到记载你历史的名字
多少年来看不见你的五谷丰登
多少年来感受不到你的和谐安宁
多少年来听不到你雷电交加风雨的呼啸
多少年来看不到梧桐丛中展翅飞翔的凤凰
你却日日夜夜默默照管着黄连河
让它悄悄地在你怀抱流淌
儿子在父亲打满补丁的膝盖上唐突地问
“河水流向什么地方?”

三伯爷触怒了三间族老
拿起镰刀和锤头
摧毁祖庙修一条路通向远方
挖开了乌石铸成的铁链
震撼了仙人罗隐的梦想
掘起了祖祖辈辈的祈祷
掘起了子子孙孙的希望
何须问愚公尚能饭否

一条白色的带子飘荡到河水流去的地方

英姑捎起大伯的牵挂第一个走出竹林
驮着伙伴冷眸里飘出的寒霜
背起了装满姐妹疑惑的行囊
回来时头上卷起千重的黑浪
脱下了泛白的蓝士林
穿上了来自大洋彼岸的时装
丢掉了母亲遗留下来的羞涩
丢掉了长长的束胸带呵，挺起了壮硕的乳房
从手袋里掏出了迪斯科、贝多芬
掏出了伙伴们的梦想
掏出了祖祖辈辈向往的远方
（这是历史，但毕竟是过去。）

今天的故乡

三月春风吹绿了老区的古井池塘
我回到了三伯爷浴血夺回的地方
乌石岭下建起了一幢幢别墅
黄连河边建起了一排排楼房
金江圳下开发了一座座果园
茶园江边崛起了华南最大的再生塑料厂房

山风爱听荔枝树下的呢喃低语
白云爱追逐路上开着奔驰的小伙
约王母参加故乡的蟠桃盛会
邀陶老重游桃花盛开的地方

让缪斯再度吟咏深山飞出的金凤凰
听吧！罗隐不再叹息
看吧！黄连流出晶莹的琼浆

那再生的塑料
铸成了祖祖辈辈的梦想
那青翠的茶杆竹　载满姑娘的希望
走进了世界各地的超级市场

故乡啊
罗隐曾指点曾叹惜的宝地
埋葬了多少忠魂
实现了千年梦想的土地
养育了我再造缪斯的土地
有千万个历史的故事在倾诉
有千百个崭新的农村在建设
有千万首动人的诗歌在编写

故乡啊
我的老区故乡

（一等奖　作者单位：中国诗歌学会、肇庆作家协会）

大南山题咏（诗三首、词一首）

张伟雄

南山觅史

诗社同仁觅史游，
翻山融昔湃心头。
先人慧眼定桃泽，
后辈勤功造桂畴。
革命红军留足迹，
适时智士构鸿猷。
采风真获新知识，
衷腑美诗不胜收。

红场奇石

形如元宝又如舟，
璞石珍奇悠感留。
满奉真情酬挚己，
凝诗溢韵美难收。

红场元舟石

悠舟曳宝送知音，

奇石[1]天成趣醉心。
玉璞入丹形醒目，
长留美韵等君寻。

注释：

［1］奇石屹立于红场镇番石村山上。

念奴娇·歌革命老区村红场霞厝

拥霞晚眺，沐群峰竞美，盈诗凝画。浮想联翩融百感，革命遗留踪迹。东特英姿，硝烟炮厂，烈血红山脉。人纯地杰，笑迎诸类访客。

时势如水奔流，山花依旧，岁岁歌红赤。朴土毓雄升各界，为国振兴挥戟。适应腾飞，栽蕉种果，致富怀宏策。必翻身变，扫除穷苦贫白。

（一等奖　作者单位：汕头市潮南区诗社）

雁洋三乡村

王世钰

人文秀色此方妍，
心醉三乡一片天。
曾辟苏区燃烈焰，
今持诗韵唱新篇。
清风爽爽茶园茂，
暖日融融村寨娟。
翠嶂逶迤连国梦，
桃花源里尽欢泉。

（一等奖　作者单位：梅州市诗词学会）

诗七首、楹联三副

陈卫明

七律·英粉清明行

气清野景醉朝阳，英粉桃花喜弄妆。
布谷催耕声妙转，画眉啼唱调轩昂。
谁家巧妇炊烟早，几处黄鸡啄食忙。
不待春风多馈赠，溪西已是绿衣裳。

七律·重走饶北麒麟岭

崇阳苍岑驿道长，麒麟岭上汗青扬。
英雄南下迂闽粤，义帜西征向赣湘。
浴血当年烽火旺，抛颅此处竹梅芳。
千秋浩气峥嵘路，直破鸿蒙耀赫煌。

七律·秋到高堂

蔚起人文誉四方，采风菊月向高堂。
双赢折桂酬宏愿，百业腾龙奔小康。
西岭金光[1]泉涌玉，东郊霞彩果争芳。
换将新绿千重浪，沃土生机萝卜香。

注释：

[1] 金光：指金光寺。

七律·咏霞东公园

霞光冉冉风江北，东麓园林大海头。
造化人文尊道德，自然景致竞风流。
淡烟听韵莺先语，疏柳牵花月正羞。
生态长歌时不待，叠山理水筑春秋。

七绝·题汤溪青竹径村

一片轻纱淡淡风，水村山郭影朦胧。
不知画是江南景，疑似云溪世外中。

七绝·纪念茂芝会议九十周年

划破鸿蒙浩气存，茂芝圣火引来昆。
风云九秩丰碑铸，振远千秋华夏魂。

七绝·秋游汤溪水库

醉抱湖山一片秋，溪门未锁水环流。
今来乍见烟波碧，十里鲢鳙戏小舟。

题饶平大澳村

大美而和，春沾雨露，创建文明高地；
澳清以化，天朗渔乡，提升经济标杆。

题茂芝会议

茂烈千秋，功标史册，苏区文化引襟上；
芝英遍地，福在乡间，红色精神托富饶。

题海山镇上港村

十里莺啼，烟楼桃浪花飞雨；
千帆桅笑，上港[1]渔场歌满天。

注释：

［1］上港村位于烟楼山脚。

（一等奖　作者单位：饶平县发展改革局）

光荣之村

钟良江

一

走进粤北始兴，踏入八一村
驻足凝望，昔日的秘密交通联络站
犹如航海中的一座灯塔
照亮粤赣湘人民抗日道路
鼓舞起外营民众的抗日斗志
“外营惨案”，132 位军民魂断围楼
众亲们从悲伤中奋起
再次拿起刀枪，直至取得最后胜利
这就是外营村更名为八一村的由来

二

中华人民共和国成立后
村民们不居功自傲，未向政府要享受
他们安居柴门，重建家园
谱写出崭新的篇章
巩固人民政权，致力社会主义经济建设
在他们心里，有国才有家

一个崇高的信念
在世代骨肉里，一脉相承
时间磨炼成民族的经典
共和国成立至今
八一村，从未发生过一宗刑事案件
这样的革命老区，堪称文明中国“模范生”

三

改革的春风，吹绿了整个老区
新时代，新征程
再展蓝图美景
肩负全面建成小康社会的使命
饱含深情，扬帆奋进

精准扶贫，深入民心
脱贫攻坚，暖遍整个老区
金融扶贫，使山坡里的果树果满枝
人居环境的改善，老区，宛如人间仙境
齐心协力，砥砺前行，续写着
建设美丽乡村的新篇章

四

八一村，光荣之村
卸下灰暗的容装
平坦的道路通往幽静，唤醒了
巍然屹立的铜钟寨

稻穗的清香，飘进路旁成排的小洋楼
电子商务进村，浓缩了地球的体积
城乡医保，无微不至呵护着父老乡亲
卫生站的建成，驱散了笼罩民众心里的雾霾
篮球场，健身场，农家书屋，老年活动中心
村民有了“补血”的好去处

五

围楼已残垣断壁
烈士陵园，浩气贯长虹
老一辈革命传统，世代传承
一个理念
绿水青山，就是金山银山
不忘初心，牢记使命
坚定不移，扛起民族复兴的荣光，共建伟业

（二等奖　作者单位：始兴县史志办）

一代风流（组诗）

郑木胜

思想者

——致胡福明

想起你
想起你的那些事
我就想起罗丹
想起罗丹那传世不朽的雕像
想起雕像刚毅睿智的头颅
深邃的大脑和低着头沉思的神情
想起那强健宽阔的肩胛
结实有力的肌腱和脊背
那，就是你的形象

许多年过去
人们说你是思想者
你却淡淡地说
我的那篇文章
文章中的那些话
马克思和毛泽东都说过多遍
书本里都有

大学哲学系的老师都知道
问题的关键是
在冰封雪冻的湖面
敢不敢前行
真理在握，敢不敢讲

料峭寒气中，万马皆喑
你带血带火一声呐喊
于无声处一声春雷
思想的闪电射入人民的园地
冰雪融尽是万紫千红的春天
呵，“过河卒子”
你敢为人先

摁手印

1978 年 12 月，安徽省凤阳县小岗村的 18 名农民冒着坐牢的危险摁手印“分田到户”，揭开了中国农村改革的序幕。

做这件事
从来都令人悲伤

衙门之内，大堂之上
屈打成招，摁下手印
凶岁荒年
卖地，在地契上摁手印
卖房，在房契上摁手印
卖儿卖女，在卖身契上摁手印

如今，在安徽省凤阳县小岗村
社会主义的蓝天下
还要摁手印

摁这个手印
太悲伤，很困难
不敢公公开开地摁
不敢堂堂正正地摁
不敢理直气壮地摁
单线沟通，地下串联
在漆黑的夜晚
昏黄的灯光下
“十八户”的当家人“秘密协议”
摁下这手印
立下生死状

三十年过去了
今天，看着这份分田到户的
“秘密协议”书
十八个手印的指纹
是那样的清晰
那样的殷红
那样的鲜艳
像一颗颗心
像一滴滴血
像一簇簇燃烧的火苗
那样的令人感叹和震撼

“送葬队长”

——致韩耀先

韩耀先，我国第一个“破产企业规章”的起草人，同事称他“送葬队长”。

送葬的队伍已经远去
再也看不到它的白幡云旗
听不到那揪心的恸哭
只有送葬的纸钱抛洒一地

沈阳防爆器械厂小小的花圈还在
不挂在厂门口
为了忘却的纪念
放在历史博物馆里

你现在经常笑着
砸掉“大锅饭”、“铁饭碗”
人们端起“瓷碗”
吃到了更多的肉

为死去的送葬
催生勃发的生机
在市场经济的大海
让船长和海员都明白
什么是生，什么是死

你起草的“祭文”还在
读来依旧动人心魄
但人们不再说它是“勾魂药”了
说是引领的火炬

正　名

——致袁庚

不知从什么时候开始
时间、效率、金钱、生命、
草、苗、色彩、风向、等等、等等
都被打上阶级的烙印
被冠上“姓资”、“姓社”的姓氏
像敌我两军对垒
像泾渭两水清浊分明

二十世纪七十年代末的一天
你迎着凛冽的寒风
大声地喊出一句口号——
“时间就是金钱
效率就是生命”
振聋发聩的十二个字
如隆隆的雷声
滚过九百六十万平方公里的大地

你用最浓缩最通俗的语言
诠释什么是市场经济

你用最有力最生动的事实
证明什么是社会主义
你给本无需正名的正名
给本不必正名的正名
给本不该正名的正名
还它们本来的面目
让它们回到原生态的位置

向阳花木
——致常光南

1980年初，四川省广汉县委书记常光南冒险实施“撤社换乡”，并于6月18日悄悄摘下“向阳人民公社”的牌子，换上“向阳乡人民政府”的牌子，触动《宪法》，但获省委和中央的肯定，推动了农村行政体制的改革。向阳也因此被冠以“中国农村改革第一乡”的美誉。

那静悄悄的一幕
已经过去
但现在想起来，还是那样激动人心
那举重若轻的“摘牌”、“挂牌”
已成为壮举
但现在说起来，还是那样惊魂撼魄

有人问，你哪来如此冒险的想法
竟敢拔掉红旗招惹是非
你笑笑指着广袤的原野
葵花在朴实的沃土扎地生根

有人问，你吃了豹子胆了
竟敢在《宪法》面前老大不尊
你笑笑指着身后葱郁的林地
站着的是比森林还要强大的人民

你是坚定的，比磐石还坚定
矢志不渝地追逐太阳的金轮
你是幸运的、幸福的
天空虽有阴霾，但风卷残云
炽烈的太阳光芒照耀
向阳花木早逢春

（二等奖　作者单位：广东省老促会）

美丽的南极村

谢胜捷

许家寮从南极村认识大海
又从大海彼岸
回到南极村
这一过程的二千多个生命
见证着大海压弯的日子

海风吹皱的沙滩
犹如耕海汉子心胸的波浪
盛满亲人想念和向往的大海
扛起一代又一代
耕海汉子战风斗浪的梦想

过去　每当晚风徐徐驶入心窗
多少守望的眼眸
向大海抛去一张张惊慌的网
每当珊瑚花在村口迎风飘零
古屋的藤蔓
就伸出枝头
紧紧地抓住逝去的时光
每当相思树从深巷里探出头来
多少牵肠挂肚的村妇

串成沙粒的泪滴
洒满铺就海归亲人通往家园的小巷
而今　千年古村涤去千年浮尘
美丽的海湾
在描绘祖国大陆最南端的蓝图中徜徉
候鸟划过这里一尘不染的天空
帆影在蓝天下追逐着浪花飘荡
没有哪个耕海的汉子
错过一次大海的盛宴

许家寮　这座美丽的南极村庄
在惊心动魄的潮汐中
扬起风帆搏浪远航
南极村的海浪
在掀起他们这一次心跳时
海鸥又在岸边
低吟着那首千年百听不厌的歌谣

许家寮　深巷柔柔　古韵幽幽
她将敞开大门
向你诉说
那个不再遥远的动人故事

（二等奖　作者单位：徐闻县党史办）

老区人的美丽梦想

李立群

或许，有很多人不曾知道
在怀集的东部，有一列巍峨的冷瓮大山
高耸险峻，延绵迤逦
像一条长长的绿绸缎，飘逸于怀岭东域
成为怀集、广宁两县的绿色界岭
岭西有怀集凤岗镇的欧上村
岭东便有广宁县的赤坑镇
冷瓮山曾成为早年的粤桂分水岭

欧上村的田螺寨，解放前曾是兵痞匪贼出没之地
国民党民团入村过寨，骚扰百姓
抢掠财物，祸害村民，干下了不少坏事恶事

这里地处怀东山区，山高林密，沟壑纵横
后来成为游击队的革命根据地

一九四七到一九四八年，怀集人民抗征大队
在黄炎等人的率领下，在怀东一带开展革命武装斗争
建立了怀东游击区，组建了怀东武工队
当时还属广西管辖的怀集
在中共粤桂湘边工委的领导下

革命游击斗争取得一个又一个的胜利
沉重打击了国民党怀集地方当局的嚣张气焰

“一九四七年七月，游击队袭击了甘洒乡公所
活捉乡长，击毙乡队副，缴获了一批武器
一九四八年二月，又袭击了驻甘洒罗密宥孙祠和六公祠的敌军
毙敌十余人，俘敌近百人，缴获武器一批
一九四八年四月，游击队又奔袭了洽水罗岗乡公所
活捉乡长，歼敌十余人，缴枪十余支
在这些艰苦复杂的斗争中
怀东人民始终给予极大的支持……”
当地村民回忆起当年黄炎的叙述时
依然心潮澎湃，十分激动

当时，田螺寨也是游击队的秘密集结点之一
经常有游击队员在寨内驻宿，开展革命活动
田螺寨村民热情支持游击革命行动
或站岗放哨，或带路当向导，或为游击队送情报
甚至有人冒着生命危险为游击队运送物资
更有人英勇舍身救伤员……
田螺寨人勇于献身的革命精神，广为人们所传颂

有着老区革命传统的田螺寨人
今天继续发扬当年的优良传统
在社会主义新农村建设中，起着模范带头作用

田螺寨，距凤岗圩镇 18 公里

因寨子建在形似田螺的山体之上而得名
这里群山环抱，古树参天，风景优美
这方水土养育着世世代代勤于耕耘的谭姓人家
衍延至今，全村已有一百多户五百多人口

田螺寨人靠着勤劳的双手
改变着环境，改变着生活
村民们都住上了漂亮的小洋楼
从村口一眼就能看到
一幢幢的民居楼房矗立于山腰之上，小有气派

虽然田螺寨村民生活殷实充裕
但丰衣足食的田螺寨人并不满足于现状
他们要过更美好、更富诗意的生活
田螺寨人有志气有梦想
他们正在为家乡描绘着更美好的蓝图
要把田螺寨建设成为花园式的新农村

二零一七年始，他们就开始规划新农村建设
以“建家园，传祖德，树新风”为主题
开展了一系列活动
立志要把田螺寨建设成为
“生产发展、生活宽裕、乡风文明、村容整洁、
管理民主”的社会主义新农村

为了建设好新农村
田螺寨外出的乡贤、务工青年
还有在单位工作的干部

积极带头并发动群众捐款，得到村民的热烈响应
两年来，村民们积极捐款献地，多渠道筹集资金

田螺寨的村民团结勤奋
为建设新农村，很多人既出钱又出力，
在不到一年的时间里
他们就完成了长三百多米的河堤建设工程
筑起了一座钢筋水泥便民桥
建成一个一千多平方米的河堤广场
完成了文化广场基础设施建设
村民们挥下的一镐一锄
都在改变着小山村
现在，河道变宽了，村道也拓阔了
以前时有山洪漫道，出入行路难
车辆会车停车难的现象已经成为过去

在田螺寨人的心中
新农村建设，不只建设楼房、巷道、文体设施
环境保护也很重要
田螺寨植被丰厚，林木茂盛，四周被绿色所覆盖
村前高大的老松古枫
苍劲挺拔，宛若巨伞，要为村子遮风挡雨
寨子不远处
四千多亩的原始生态林，蓊郁茂盛，苍翠碧绿
这里物种丰富
有松树、杉树、枫树、花梨、格木……
还有珍禽奇兽
这原始生态林，犹如一座森林公园

她是田螺寨人的一笔宝贵财富

是因为，那里的世代村民，具有良好的环保意识
曾有外地老板想承包这片生态林地
被村民们谢绝了
他们感到有责任，要维护好祖先留下来的生态环境
让她来造福后人

田螺寨人都有一个美丽的梦想
就是要共建美好的新家园
如今，他们正规划和建设着美好的未来
他们要启动环村道路建设
开展绿化美化行动
安装村道路灯，启动亮化工程
建设村文化楼、农家书屋、文体广场
打造系列的文体设施工程
还要启动省卫生村、生态文明村、美丽乡村的创建活动
他们要把田螺寨这个小山村
建设成为宜居宜游的美丽新农村

现在，社会主义新农村已具雏形
我们坚信
在老区人民的努力下，在有关部门的支持下
一个更加美丽富饶的田螺寨新村
必将很快出现在人们的面前

（二等奖　作者单位：怀集县作家协会）

听见历史呼吸的声音

梁伟静

风，温柔地吹过
一片苍翠的玉兰树林
馥郁的芬芳
芬芳了兰寨的旧时光

历经数千次风雨洗礼的古街古巷
刻画出一座座祠堂的年轮
每一堵斑驳的城墙
曾经撑起了一个朝代的梦想

刻在屋顶的五角星
熠熠生辉
西方文化盛行的足迹
在正己学校留下
一串串深深浅浅的脚印

十德文化馆的十德，千古绝唱
记载着林氏子孙跋涉过的路
和品德
唱诵的又何止是一脉相传的记忆

是谁忘了关上
镶嵌在古墙上的窗
像一对永不疲惫的眼
见证了一代又一代人们的智慧和汗水

多年后的一个夏日
我穿越时光
在这里
听见历史呼吸的声音
七甲的蜕变

那个午后
烟雨漂染了七甲
白云轻吻着山头
宁静的乡村
犹如熟睡的女子
端庄　贤淑
走向七甲
喧嚣的城市
已遗忘在那条乡间小路

走进七甲
被雨水冲洗的革命老巷
墙上的红星永远闪耀
唤起对硝烟弥漫
枪林弹雨昔日的记忆
村口那棵伟岸的古榕
收藏了七甲 300 年的风风雨雨

不断向来访者诉说
乡村遥远而深沉的故事

和风　细雨
一路竹林滴翠
造访树德堂
追寻江夏遗风古韵
喜看沙坪文化大楼的风姿
观赏一花一树的丽影
倾听溪水潺潺细语
领悟七甲村民
辛勤耕耘岁月的那份智慧

群山翠屏　河流玉带
七甲酝酿复苏的梦
传承革命的薪火
追随改革的东风
勇敢迈开脚步
涉渡一江春水
扬弃守旧的观念
不断奋斗　刷新
刷出七甲人的豪情壮志
刷出七甲村的诗情画意

（二等奖　作者单位：怀集县马宁镇中心小学）

改革开放四十年

刘　刚

扬起时代风帆
黑暗中孕育　战火中诞生
一条巨龙冲破沉重的乌云
把浸润五千年的种子
带向光明

历史的硝烟未曾远去，东方沃土
已发出响彻云霄的声音
唯有改革开放，才能繁荣昌盛
铿锵有力，涅槃重生

一九七八年十二月
党的十一届三中全会召开
祖国大地开始了一场新的革命
瞬间扬起“拓荒牛”的精神

闪光的深圳，辉煌的缩影
波澜壮阔地改革，在华夏大地
烙上振奋人心的辉印
一路向前，超越古今

辉煌四十年
改革开放的春风，掠过
一座座现代化城市
小桥、流水、人家
变化的乡村与城市对接

在祖国的大地上
绽放出令世人瞩目的花儿
科技之花、农业之花
生态之花、文明之花……

一朵朵花儿，盛开着
富强、民主、和谐、友善……
构成社会主义核心价值观
十三亿颗心在阳光下抱团飞跃

一段让华夏儿女自豪的道路
已经走过了四十年
踏着璀璨的复兴脚步
我们将走得更辉煌、更绚烂

改革开放路宽广
这条路，延伸出壮阔的美
每一步都流光溢彩
从饥渴走向温饱，再到小康
每段路都让人敬重

如今，铿锵有力的步伐

在一带一路的宏伟蓝图上
走向大国风范，走出“四个自信”
发出震颤世界的足音

这条路，凝聚十三亿颗奋进的心
发光发热，突飞猛进
将二十四字核心价值观种进脑海
把智慧与汗水献给祖国和青春

改革开放的道路愈加宽广
那是因为有镰刀和铁锤在打造
树立一根标杆，升起一面红旗
在世界的东方，高高飘扬

（二等奖　作者单位：中国诗词协会、广东省作家协会）

七律二首

王宗钦

梅州苏区崛起感怀

骏马扬蹄驾大风，雄鹰振翅上高空。
清流奔涌清流畅，捷报传扬捷报红。
改革花繁生硕果，创新路远励群雄。
犹闻鼓角惊雷在，更显兰心琢玉功。

梅城东山教育基地抒怀

昔日臭沟影无踪，如今清风摄葱茏。
宏开学海悠悠展，劲涌书香叠叠重。
错落参差外延广，堂皇雅典内涵丰。
培材树木园园绿，重教崇文代代雄。

（二等奖　作者单位：梅州市老促会）

老区奔康赞

廖湘隆

步到山前智转头，且从明处辟新谋。
宏开一路呈春景，始见千城起矗楼。
舜日光辉群岭秀，黎民幸福万家讴。
征程迈向康庄道，再绘蓝图二百秋。

（二等奖　作者单位：梅州市梅县区老促会）

满江红·江洪港赋

黄启超

江洪港是广东省优良渔港之一。有光荣斗争历史，改革迎来新机遇，招商引资，开发仙裙岛旅游，渔港更美，声名更远……

半岛西缘，舒望眼，天蓝海碧。江洪港，波光潋滟，仙裙沙白。岸上楼房叠秀景，港中船舸飘红帜。兆丰年，渔汛伴机声，人车密。

承改革，扬优势。谋发展，修云雨。渔港新跨越，更驰声誉。集市招商生喜气，党群合力张鸿翼。驾长风，铺锦绣前程，渔乡丽。

（二等奖　作者单位：遂溪县文化局）

老区行吟（七首）

卢忠仁

信宜云开村

提头蹈火斩豺狼，野菜南瓜战地香。
今日云开新面貌，初心依旧似朝阳。

信宜旺同村

长凝碧血化鹃红，美景新村画卷中。
紫燕迷途常向问，花丛何处寻旺同？

高州木坑塘

远近闻名“共产窝”，英魂热血沃山河。
新村胜景游人醉，烈士如知亦放歌。

化州高志塘

新楼靓阁映苍空，富裕文明奔大同。
谁解村前花似火，当年壮士血殷红。

化州七烈岩

万木争荣举绿旗，葱茏峰簇与天齐。
追寻七烈牺牲地，风卷征衣心浪飞。

化州柑村

惨痛坚强数柑村，鸡鸣狗吠久无闻。
旧墙弹洞依稀在，应是英雄细嘱咛。

电白白马村

白马惊雷震粤西，红旗催发向阳枝。
而今已筑小康梦，万顷田畴尽是诗。

（二等奖　作者单位：茂名市老促会）

咏美丽乡村（词二首、诗二首）

李肖华

鹧鸪天·四会程村兰花基地

秀美山村傍岭边，风光旖旎复年年。人和地利天时好，鸟语花香远景绵。

追鹤梦，育香兰，欣逢玉露润娟然。芬芳事业人心聚，奋力扬帆万里船。

鹧鸪天·四会龙头村

古寨长青众赞夸，千秋历代葆芳华。璧房镬耳[1]镌功绩，雅阁琼楼映彩霞。

承祖训，实堪嘉，礼仁积善好人家。清廉守正情怀热，盛放千千琪树花。

注释：

[1] 镬耳：镬耳屋。古时一般是出过高官的村落，才有资格修建镬耳屋。

赞古法造纸代表性传承人张煶元

蔡伦造纸得传承，八秩农夫技艺精。
七十余年熬昼夜，多重工序炼虔诚。
艰难亏本不停步，奋斗兼赢赴远征。
后继谁人延古法？同心竭力创繁荣。

咏四会地豆水车村

文明新貌进乡村，绿道坦平花树芬。
壁画佳篇堪育德，琼楼美景最怡人。
乡贤戳力贫寒脱，善政养廉富裕臻。
细策鸿猷弘国粹，桃源炫彩更缤纷。

（二等奖　作者单位：四会市沙尾小学）

八声甘州·红军圣地梅南九龙村

幸　勇

望葱茏古岭插云天，秋高气清悠。攀崎岖石道，虬枝闭日，鸟雀啁啾。队友闻声不见，疑似上层楼。登顶航标处，极目梅州。

忆昔工农革命，得村民拥护，根扎山沟。看今朝百姓，衣食住无忧。畅交通、手机信息。创名茶、产业争优。人欢笑，脱贫致富，共进同舟。

（二等奖　作者单位：梅州市诗词学会）

忆江南·鹤山好（四首）

宋伟东

一

鹤山好，歌舞漫城乡。
四十载来风雨骤，改革开放谱新章。
岁月喜非常。

二

鹤山好，笑语话沧桑。
扫黑除恶民众乐，倡廉勤俭业荣昌。
艰苦不能忘。

三

鹤山好，稻果散幽香。
岁岁丰收今又是，年年鹊语报安康。
欢乐永无疆。

四

鹤山好，今朝更辉煌。

提前实现小康梦，老区四处换新装。

能不乐洋洋。

（二等奖　作者单位：鹤山市美雅公司毛纺厂）

诗词五首

杨景贤

望海潮·饶平

瀛洲名响，方壶天就，梅溪[1]见说无忧。南海雪涛，西岩岭浪，晴空漫舞群鸥。香米下公侯。大蚝宴宾客，潮乐悠悠。域内双星，竞生安泰[2]耀全球。

青山碧水铭留。有黄冈起义，全德宏猷[3]。心系百年，情牵九圄，民兴国盛唯求。春暖任行游。乐享新物事，高铁飞舟。触目苏区异彩，浓墨著风流。

注释：

［1］梅溪：南宋高宗时龙图阁学士王十朋，曾夜宿双流寺，忽闻鼓角声，起视却无踪，遂总览周围山川地势，预言他年必有城堡建于此，并题下：“天下大乱，此处无忧；天下大旱，此处半收”。

［2］竞生安泰：张竞生、詹安泰。

［3］全德宏猷：指茂芝军事决策会议。旧址位于饶平茂芝全德学校。

渔家傲·鱼排秋

雨过暑消天若洗，群鸥戏舞波光里，碧浪吻礁声细细。秋风起，蟹黄蚝嫩随君试。

一网花鲈才上水，木排犬吠商船至，杯酒未饮心已醉。欢畅意，牧鱼耕海渔家美。

纪念“茂芝军事决策会议”召开九十周年

战罢南昌刀不放，硝烟滚滚心犹壮。
高秋冷露伏狼师，黑夜寒星侵虎帐。
欲为神州赤帜扬，敢凭伟志青峰上。
麾军西进赣湘边，天下一匡红日亮。

九月九日过山村

新楼傍水势堂皇，此地已无贫困妆。
榕树森森村道阔，家鸡静静菊花黄。
青峰雨后迷人眼，绿蚁风中动客肠。
寂寞庭阶寒乍起，空巢杖者庆重阳？

再访英粉村

一水村前绕绿流，繁花似锦四时稠。
客来应羡人文美，人去非因客地幽。
昔闻空阶旋落叶，今看巧手绣连丘。
脱贫还借东风力，皇后亭边有壮猷。

（二等奖　作者单位：饶平县华侨中学）

红色景区三河坝

范耀文

笔枝峰下话桑麻，致富奔康境渐佳。
六岸风光春点染，三桥水色影横斜。
铁龙的士通千里，电站堤围福万家。
玉宇丛楼山拱翠，艳阳高照漫天霞。

（二等奖　作者单位：梅州市诗词学会）

诗五首

钟岸先

羊年紫金通高速喜赋

破雾穿山越棘丛，沿途一路起东风。
心头梦筑金光道，且看秋江跃巨龙。

从紫金过龙川看高速路建设

才插神针探碧落，又穿叠嶂越荒芜。
危峰深壑通途筑，笑问山人幸福乎。

乘高铁寄怀

午辞粤海白云闲，夕照黔中万仞山。
忆昔长征漫漫路，几多感慨在心间。

丙申除夕回乡偶书

灯映琼楼香径明，春风自在和莺声。
喜看银汉山村落，装点人生又一程。

山村行

深山新景象，砼路接楼台。
人爱农家乐，课缘科普开。
光纤输彩画，短信到林隈。
月色柔如水，乡风任剪裁。

（二等奖　作者单位：紫金革命老区发展编辑部）

沁园春·革命老区颂

梁玉满

万里春晴，层峦飞翠，盛况空前。望井冈山下，银锄揭地，延河江畔，华宇摩天。遵义明灯，红船圣火，革命光辉永放燃。新时代，喜老区面貌，日益增妍。

全凭改革精坚，让贫苦神州尽变迁。看兵雄库稔，河清海晏。资饶政善，国富民安。处处讴歌，人人志壮，猎猎锤镰帜遍悬。瞻明日，把辉煌再铸，美满家园。

（二等奖　作者单位：中华诗词学会、广东省诗词学会）

从城口老区走过

李学田

很温暖的阳光
把历史的一些过往
一些悲壮的故事
在时光里慢慢品味

曾经走过的小路
已经荒草萋萋
革命从大山出发
走过一条叫长征的路
如今烙在红色的记忆里

村前的石桥下
潺潺河水冲刷着岁月的印痕
曾经弥漫硝烟的古树
留住了八十年前的一些片断
交给日月星辰咀嚼

将军的故居
已成了红色历史的景点
前往瞻仰的游人络绎不绝
枪林弹雨走过的传奇

走进了历史编写的教材
让一代代人品读将军的崇高与不朽

古秦城
依旧是两千年前那个模样
抚摸残墙烫过的战火和沧桑
历史的回声再一次叩响寻访的心灵
温泉疗过的伤痛
街巷宿营的身影
成了小镇今天的骄傲和美谈

一幢幢崛起的新楼
亮丽了老区的风景
老区人的日子
在春天的旋律里
一天天丰盈起来

（三等奖　作者单位：仁化县扶溪镇扶溪学校）

祭拜柑子园革命烈士纪念碑

张熙恩

踏着崎岖山路
我一步一朝圣
穿过刘张家山重重山峦
向着英雄们长眠的那片圣地虔诚匍拜

七十一年前
四十二位英雄儿女
为了那个崇高的革命真理
为了万千贫苦大众
将生命留在了这里
把幸福留给了人民
东江纵队、珠江纵队、风度大队
郑衍屏、张禄山、何世标……
还有数十位无名烈士和当地革命群众
面对日伪魑魅魍魉
正气凛然舍生死
慷慨悲歌抛头颅
杜鹃啼血忠魂去
留得刚烈在人间

七十一年后的柑子园

岭上盛开的红花
是烈士之血
翘枝鸣叫的鸟儿
是英雄之灵

青山葬忠骨
碧水挽英灵
峰顶上松涛阵阵
唱不尽当年惨烈的斗争史
山谷中翠竹簌簌
诉不完英雄腔中的家国仇

大山没有遗弃
你们的生命早已融入了柑子园莽莽林海
后世没有忘却
你们一直活在孩子们翰墨飘香的书本里

墓碑高耸入云天
吟诗长叹祭英魂
平凡似我
活着了，如同死去
伟大如你
死去了，却还活着

（三等奖　作者单位：始兴县委办公室）

李乡之歌——献给革命老区钱排镇

卢忠仁

信宜市钱排镇，地处云开山腹，是中国“三华李”之乡，其“银妃”牌李果销往全国各省市及港澳台地区，近年通过电商销至亚非欧有关国家。该镇三华李与茂名市老促会有深远渊源，首次引种者为该会现任常务副会长梁基毅先生下放该镇时所为，小果改大果者为该会领导黄春藻、周仲伟、沈芸等老同志。李乡大发展，茂名老促会功不可没。

一

总想在春风轻拂的日子扑向你，李海！
一睹你苍苍茫茫浩浩渺渺的迷人风采。
啜几口李蜜，看万千枝头春意嬉闹，
将嘤嘤嗡嗡的蜂蝶声录入我的胸怀。

总想在夏阳暖烘的日子扑向你，李海！
一睹你彤云漫漫熏染天地的动人气派。
啖几颗李子，将古代吟李的诗低吟浅唱，
再将红红火火的歌赋输入现代词牌。

总想在秋高气爽的时候扑向你，李海！
一睹你绿铺群山层林尽染的撩人气概。

啸几段李歌，看果农挥锄弄剪梳理果园，
听窸窸窣窣的抽梢声汇入遥远天籁。

总想在朔风呼号的时节扑向你，李海！
一睹你笑傲寒流暖拍云霞的骄人姿态。
饮几杯李酒，看万千新蕊欢呼春的临近，
听轰轰烈烈的冬天奏鸣曲多么豪迈。

啊，无边的李海，迷人的李海！
多少次闯入我的梦境，卷起巨澜澎湃。
如今，我来到绿海中心的观李亭，
心跳骤然加快，诗情滚滚奔来……

摘一片李叶，犹采撷一行动人诗句，
尝一颗李果，似品味一个鲜甜时代。
瞧一园李树，就充盈一腔绚丽希望，
穿一山李林，会浸染一身青春色彩。

钱排，钟灵毓秀而又贫穷落后的云山深处，
旁罗之战后，被赶尽杀绝的瑶民循迹远去。
明清血雨腥风，民国风雨如晦，
多少志士的鲜血染遍这块红色区域……

曾经，“割尾巴”、“批资本”的嚣声此伏彼起，
一位老游击队员，被贬到这里劳动“反思”。
初心不变，火热的情怀叩动柴扉草舍，
远赴异乡，引回数百株岭南佳果三华李。

长满厚茧的大手，栽下金色的憧憬；
刻满皱纹的脸颊，流泻幸福的希冀；
银铃般的笑声，融进这亮丽的画面；
深深浅浅的酒窝，装满了期待的相思。

猜疑声中，一株株幼苗生根发芽，
争议声中，一园园青翠硕果满枝。
改革的犁铧，在沃土中挺进、挺进，
浩荡的风信，在村寨中传递、传递……

一层层梯带从山脚迭到峰顶，
一行行李树从屋边漫到天际。
春花瑞雪飘香，夏果粉红诗意，
千山万岭因李树而陶醉痴迷！

初战告捷后，又走来老促会的一批同志，
雪中送炭，研究解决果小味涩难题。
白发飘飘，解放鞋在泥泞中印下雄心，
妙手回春，李乡的微笑轻拂着件件征衣。

二

如今，水到渠成到了丰收的日子，
看山上山下流动着滚滚的财源。
一座山丘，就是一座绿色银行，
一座果园，就是一架致富的金梯。

星罗棋布的收购站成了欢乐的港湾，

挑着金山银垛的人流向这里聚集。
不时抛出土中有荤的传情问答，
溅起阵阵笑声似要把屋顶掀起。

汇集这里的车海，又流向南北东西。
长城内外传扬着深山小镇的名字，
小小“银妃”，旋转着，旋转着半个地球，
凭借电商翅膀，飞驰万里绽放浓浓魅力！

青山绿林中，漂亮楼房如春笋出泥。
阳光下，昭示着贫穷落后已经远去。
山野小径已变为水泥铺就的康庄大道，
直馋得洗脚离乡人又争着耕耘土地。

啊，李乡，正跨上追雷赶电的雄骏之马，
斗志昂扬地高举习近平的光辉旗帜。
啊，李海，正铺开缀霞织锦的秀美之笺，
意气风发地书写新时代新的史诗。

我，老区建设促进会的白发新兵，
面对此情此景，如何禁得住春心乍起。
把三寸笔杆掷入这迷人的李海吧，
纵身一跳，在无边的碧波中接受新的洗礼！

（三等奖　作者单位：茂名市老促会）

水乡新生活

梁少华

是谁把木桥拆掉
架起了美丽的彩虹
是谁把茅寮搬走
立起了高楼一幢幢

来往穿梭的渔舟
宛如舞动着的神龙
林中嬉戏的群鸟
把幸福的歌儿传送

啊，美丽的水乡
你告别了昔日的贫穷
啊，幸福的水乡
你沐浴着改革的春风

科学的农业布局
乐坏了勤劳的耕农
四通八达的交通
带动了乡村的繁荣

姑娘跳起广场舞

小伙子把琴弦拨弄
大婶练起健身操
老人微信玩出笑容

啊，美丽的水乡
你创立了百年的奇功
啊，幸福的水乡
你实现了千年的美梦

（三等奖　作者单位：广州地区老游击战士联谊会）

礼　物（外三首）

刘江波

这是我一生至今收到的
唯一纯手工卡片礼物
绿底色纸片被剪成扇形
封面内页各粘贴一幅漫画
一颗红心四朵小花点缀其中
手写祝福语印证童心可鉴

一群特殊的孩子们
你们并不标准的少先队礼
柔软了我们的脊椎
你们参差不齐的招呼声
启开了我们的嘴唇
你们仍显笨拙的动作表情
温润了我们的眼睛
你们质朴纯真的祝福献礼
触动了我们的心灵

谢谢你　孩子们
你们的礼物珍贵无比
现场的一切场景
令到我们包装完整的内心

突破物欲功利的漩涡
一刹那间回归本真

我　们

我们的团队坐上小车、中巴车来了
由公务员、教师、企业家等组成
号称一群公益爱心人士中的一组
除了一些文具、食品之类的慰问品
不忘捎带上一批当地媒体的记者

我们在镁光灯下展现笑容
我们在镜头下赠送礼物
我们在话筒前发表感言
如果不出意料的话我们的声音、动作、形象……
就会逐一分门别类地出现
比如当晚的电台、电视节目
或者明天出版更新的报纸网站

我们来了　握握手
我们走了　挥挥手

他　们

他们与你们常年待在一起
你们的父母、亲人或朋友
残疾人培训中心的技师
特殊教育学校的老师

他们衣着普通　神态慈祥
或许都是爱心使者的化身
用心呵护着你们
精心教育着你们
耐心引导着你们

我们、你们还有社会上所有人
都应该向他们表达最衷心的致敬！

你　们

你们，代表着特殊
使人们的心理负荷沉重
你们病态不同　神态各异
共享自然界一样的阳光黑暗
却承载着人世间诸多不一样

升升降降的希望
形形色色的目光
若有若无的机会
似是而非的际遇

上天给你们强加了各类缺陷
注定了你们必经更多磨难
世界给你们赐予了各种不公
导致了你们需要更多关注

那么　就让我们携起手来

消除卑鄙、歧视、傲慢、偏见……
拆开心灵的樊篱、堡垒
展现灵魂的阳光、清澈

祝福你们
沐浴爱心成长
远离伤害荆棘
祈祷你们
以生命强者名义起誓
拥有五彩灿烂的天空

（三等奖　作者单位：云浮市电视台）

身在福中唱福歌

宋文郁

本人今年七十多，
喉咙发痒就唱歌。
出歌出口唱改革，
身在福中唱福歌。

泥做菩萨庙堂坐，
过去求福求得多。
跪拜唱喏几十年，
拜来拜去贫穷过。

以前求福福难逢，
日日求财财不通。
过年尽讲吉祥话，
恭喜发财句句空。

今无求福福自来，
改革开放富门开。
政策惠民铺富路，
拔掉穷根发了财。

国泰民安事业兴，

党中央来最英明。
城市乡村家家乐，
亿万人心向北京。

亿万人心向北京，
小康路上奔前程。
昂首挺进复兴路，
伟大祖国更繁荣。

（三等奖　作者单位：鹤山市民间文艺协会）

“潮州七日红”九十周年祭

陶永庆

1927年9月23日，南昌起义军千里转战占领了潮州城（革命老区潮安县城），点燃了潮安县武装斗争的烈火，冲击了潮安国民党的反动根基。9月30日，在国民党军队9千余人的疯狂进攻下，驻守潮州的7百多名起义军官兵在潮安中共党组织和工农武装的配合下，同仇敌忾，浴血奋战，最终因敌众我寡，于当日下午突围撤出潮州城。南昌起义军驻守潮州前后七日，史称“潮州七日红”。为纪念“潮州七日红”九十周年，谨赋长诗以祭之。

北伐战火正燃烧，工农沪汉遭屠刀。
烽烟密布怒涛激，举行暴动气势滔。
南昌打响第一枪，从此中共有武装。
猎猎红旗插故郡，尖刀利炮敌败亡。
迅若狂飙摧朽木，惊如霹雳裂长虹。
跃马挥戈驱南下，险山恶水雾濛濛。
“潮汕在望”标语竖，激发义军斗志昂。
蒋、汪惊恐把兵调，一路围追堵截忙。
恶浪滔滔何所惧，洪流滚滚勇向前。
汀、韩激流穿闽粤，披荆斩棘意志坚。
白色恐怖罩潮城，乍闻起义春雷惊。
掩埋烈士揩身血，工农奋起共抗争。

省委指示搞暴动，潮安党团呼应行。
《民众新闻》小报出，宣传义军胜利声。
秘密集会频活动，张贴标语传单分。
城乡暴动齐开展，全力接应起义军。
潮州守敌闻讯忡，慌乱弃城逃遁匆。
千里转战义军到，慰问欢迎盛况隆。
西湖广场群摩肩，周公[①]演讲激昂篇。
葫芦山下旗如海，涵碧楼前声震天。
潮安革委成立急，红色政权数第一。
工农妇学齐健全，军民团结谁能敌。
整顿治安固城防，建立城乡新武装。
潮汕铁路遭毁坏，义军进汕路受妨。
彭湃请缨修铁路，潮安党群全力赴。
动员沿路六千人，连夜抢修尽义务。
主力离潮南下行，当日汕头义旗竖。
后勤机关设潮州，供应保障物资筹。
县区上下齐发动，支持革命解军忧。
潮安商会筹巨款，十万光洋心意暖。
六千支枪数万裳，过冬被褥仓储满。
城乡生机活泼貌，军民水乳交融情。
义军协助农民军，洪巷徐陇民团倾。
工农振奋烈火烧，地主豪绅气焰消。
潮汕大地齐踊跃，韩江两岸义旗飘。
反动势力纷大惊，各路军阀急调兵。
九千桂军迅疾扑，七百官兵守古城。
竹竿山上鏖战急，战士英勇抵抗激。
视死如归血雨流，阵地屡摧仍壁坚。
一总队长冷相佑，人称黄埔硬骨头。

腹背重伤气磅礴，烈士英名万古留。
葫芦山上敌军嚣，义军喋血溅虹桥。
拼死顽强战街巷，寡不敌众城殇夭。
潮安船工战况闻，掩护义军渡江纷。
保存火种功殊伟，洪流汇入朱毛军。
城乡民众冒风险，义无反顾献真情。
数十官兵巧妙救，伤愈告别登征程。
潮州红虽七日数，震烁古今丹青树。
开启革命新航程，燃遍中华擎天宇。
苦难辉煌存正气，忠魂碧血铸丰碑。
缅怀先烈继遗志，凤凰腾飞展雄姿。

（三等奖　作者单位：潮州市潮安区党史办）

中国梦：一个山村和一个扶贫干部的传奇

赵南成

题记：在广东，还有四分之一面积的区域和二千万人口处在贫困状态。一个名叫赵志平的中年干部通过读书扶贫，改变粤东地区揭阳县一个穷山村的传奇，为贫困地区进入小康社会，从而在广东地区实现美丽的“中国梦”，作了生动的说明。

天边的彩霞多么美，
少不得一滴滴晶莹的水。
他就像一滴晶莹的水，
闪耀在读书立志的队伍内。
无边的大海常奔腾，
全凭一朵朵浪花汇集成。
这个山村就像一朵雪浪花，
开在我们小康和谐的社会中。
这个从大城市来的扶贫干部名叫赵志平，
用三年时间让穷山村走向上致富路。
知识和技术如果园清甜的风，
托起“中国梦”辉煌的太阳！

三年前，他从省直机关来到这个山村，
山多地少，村民靠种玉米为生。

道路泥泞，有电却交不起电费。
赵志平告别温馨的家庭和妻儿，
沿着陡峭的山路访贫问苦，
结合学过的经济学知识分析工作思路：
要更新扶贫观念，
不仅是“输血”式救济，
而是实施“造血”项目，
为山村注入内生动力。
比山路更陡的是书籍的高山，
他秉灯夜读，冥思苦想，
网上探索项目，微博请教专家，
或是在一个夜晚与村支书长谈。
他是两万多名扶贫干部之一，
为实现“中国梦"承担光荣的责任。
溪水长，长不过读书的夜晚。
天气热，热不过信念刚强。

多少艰辛，多少困惑，
多少论证，多少开创，
多少心血映日月，
壮志凌云飞彩虹。
经过多少个不眠之夜，
朝阳如火，他想到种植佛手果。
仿佛黎明的通知，
增值型农作物充满希望。
知识和创新凝聚的项目，
换来了满山遍野佛手果的清香。
赵志平筹集资金、传授技术，

种养业、发电站硕果彰显。
他扶助一个穷山村致富的传奇，
揭示一个大山般朴实的道理。
读书不仅是青少年专利，
也是实现梦想的台阶。
年富力强，如被岁月滋润的珍珠，
继续学习，让珍珠串上黄金的项链，
戴在祖国母亲的胸前，
闪烁光荣和梦想的光芒！

中年人的读书是实践后提高，
知识被经验沉淀，又在书中升华，
它有两个特征：沿着广度和深度发展。
从一个专业向多个专业，
又综合多个专业形成新的方向，
在多层次的知识面上形成突破口，
又从突破口扩大，形成知识的海洋。
专业型人才、实用型人才、
学者型人才、或综合型人才……
“中国梦”犹如万紫千红的花园，
百花盛开才是最美的春天！
读书立志，太阳下最壮丽的事业，
中年奋发，烈马和雄鹰的征程。

赵志平的读书扶贫，包含许多艰辛。
上有老下有小，他是家庭的栋梁。
他多想送七岁的儿子上学，
他愧对重病在身的父亲。

脱贫致富要靠拼搏和开拓，
实现理想全凭牺牲和奉献。
人到中年，铮铮铁骨铸辉煌，
月上中天，清辉如水洗星辰。
即使风雪封闭了所有道路，
仍然有向远方出发的行人！

多少拼搏，多少奉献，
多少凯歌，多少辉煌！
多少壮士过大江，
手把红旗向太阳！
十三亿人民是一支伟大的梯队，
如浩荡长江，后浪推着前浪！
假如有十万把军号，
就让十万把军号同时吹响；
假如有十万朵鲜花，
就让十万朵鲜花同时开放；
假如有十万束焰火，
就让十万束焰火同时升空；
假如有十万面红旗，
就让十万面红旗同时飘扬！
小康路通向每一个人的心里，
“中国梦”照亮全世界的河山！
看今朝，美梦成真好日子，
望未来，幸福花开喜洋洋！

（三等奖　作者单位：广东省老促会）

改革开放　福荫老区

赵根树

四十年前的一九七八年
一声春雷响彻神州大地
改革开放的军号吹响
党中央带领全中国人民
朝着中华民族复兴的道路阔步前进

老区人民紧跟党走
继承光荣革命传统
发扬艰苦奋斗精神
战胜各种艰难险阻
夺取一个又一个胜利

一条条硬底化村道建成通车
告别了老区路难行的历史
家家户户饮上清洁自来水
老区饮水难一去不复返
干部群众无限感谢党恩情

一座座学校大楼拔地而起
老区再也听不到入学难声音
所有卫生院业务用房达标

老区群众不再看病难
人民群众盛赞政府为人民

一幢幢新楼房温暖老区贫困户
老区住房难已成历史
农村电网改造全覆盖
老区用电难成为过去
改革开放强国又富民

忆往昔
老区贫穷落后
看今朝
老区变化翻天覆地
全面建成小康社会指日可待

改革开放不断向前发展
新时代新要求激发新动力
高举习近平新时代中国特色社会主义思想伟大旗帜
携手共创老区建设新局面
为实现中华民族伟大复兴中国梦添砖加瓦

（三等奖　作者单位：肇庆市老促会）

瑶民不忘共产党　齐赞改革开放好

李景康

改革开放不忘共产党，瑶民生活你牢记心上。
过去生活温饱难解决，如今产业扶贫奔小康。

改革开放不忘共产党，瑶民住房你牢记心上。
过去居住深山土坯房，如今户户住上新洋房。

改革开放不忘共产党，瑶民出行你牢记心上。
过去肩背山货越峻岭，如今乡村客车到村旁。

改革开放不忘共产党，瑶民劳作你牢记心上。
过去走的是羊肠小道，如今乡村公路宽又广。

改革开放不忘共产党，瑶民照明你牢记心上。
过去深山点的煤油灯，现在家家电灯亮厅堂。

改革开放不忘共产党，瑶民子女你牢记心上。
过去为筹学费操碎心，如今学费国家全免光。

改革开放不忘共产党，瑶民看病你牢记心上。
过去瑶民有病没钱医，现在农村医疗有保障。

改革开放不忘共产党，瑶民吃水你牢记心上。
过去瑶民靠吃山坑水，如今自来水进新洋房。

改革开放不忘共产党，瑶民产品你牢记心上。
过去日夜奔波寻销路，如今农村电商帮大忙。

改革开放不忘共产党，瑶民宜居你牢记心上。
过去村容村貌脏乱差，如今美丽乡村大变样。

共产党的恩情永不忘，瑶民世代一心跟着党。
齐心创建美丽新农村，幸福小康生活万年长。

（三等奖　作者单位：韶关市曲江区广播电视台）

礼士下洞“老区建设”大变样赞歌

林运华

红色老区下洞村，贡献国家立过功。
革命斗争旗帜明，协助红军打敌人。

如今老区大变样，家家建起小洋房。
条条村道硬底化，百姓人人笑哈哈。

改革开放四十年，老区旧貌变新颜。
扶贫政策落到户，村村户户共同富。

老区人民跟党走，拥护开放政策好。
民众生活大改善，小康社会来实现。

老区人民好榜样，永远跟着党中央。
经济建设大发展，老区建起新农村。

社会主义现代化，人人享受医疗卡。
人民健康有保障，大小疾病都不怕。

习主席和党中央，引领人民胜天下。
招商引资建中华，崛起中国更伟大。

（三等奖　作者单位：和平县老促会）

满江红·参观大南山革命历史纪念馆

黄潮龙

英烈忠诚，累筑就、军纪党心。挥铁铲、赶驱敌寇，涉水登岑。历史珍藏陈列展馆，南山戎马逐流云。建红场、华夏乐苍生，真理寻。

青春志，怀素襟。马前卒，万民钦。愿舍身求义，只为情深。血肉身躯侠士胆，长城坚固五湖欣。缔造出、卫国保家乡，抒浩吟。

（三等奖　作者单位：汕头市潮南区文联）

鹧鸪天·纪念改革开放四十周年

李小星

改革于今四十年，苏区旧貌换新颜。春风频拂城乡美，澍雨长滋国祚延。

开富路，拓泉源，奔康百姓乐尧天。初心不改圆酣梦，精准扶贫谱伟篇！

（三等奖　作者单位：兴宁市老促会）

梅江苏区新貌

赖应聪

梅江碧水绕城乡，首善之区誉八方。
院士广场文气涌，东山书院美名扬。
江南崛起新天地，江北腾飞火凤凰。
古邑振兴圆国梦，繁荣富庶永隆昌。

（三等奖　作者单位：梅州市梅江区老促会）

七律二首

陈友乔

访惠东高潭革命老区

盘纡小径通天衢，驱车百里酹英殇。
松风啸动犹闻号，山势围合曾猎狼。
日映红墙村舍美，旗招远客老窖香。
名与伟人同不朽，[1]赤都光芒耀四方。

注释：

［1］名与伟人同不朽：指高潭街巷直冠马克思、列宁之名，有马克思街、列宁街等街名。

海陆丰革命老区行

千难万苦驱虎豹，英雄儿女建奇功。
信念如钢志不悔，猎猎大纛血染红。
青山埋骨留正气，改天换地为工农。
喜看人间春色秀，直迈小康趋大同。

［三等奖　作者单位：广东革命老区（惠州）研究中心］

纪念改革开放四十周年（三首）

曹石金

一

三中善策舞东风，
全国人民谢党功。
革故鼎新宏伟壮，
求真务实领头雄。
长城永固高科技，
华厦辉煌靓殿宫。
破浪扬帆开盛世，
除奸扫障斩荆丛。

二

四秩年光不算长，
国强民富小康彰。
脱贫解困成佳话，
圆梦复兴呈盛唐。
航母飞船疆海护，
高科信号太空忙。
中华地位今非昔，

幸福家园乐且祥。

三

党政军民把手牵，
中华崛起史无前。
西方压制多花样，
东面铿锵上箭弦。
外御内强形象好，
边联边创武功全。
丝绸一带邦同体，
互利双赢国有缘。

（三等奖　作者单位：江门市老促会）

老区行

蒲纪华

继往开来兴大业，
鼎新革故断穷根。
老区自有英雄气，
不愧当今中国人。

（三等奖　作者单位：阳江市书画函授学院）

老区遂溪新貌

罗　怀

老区举目是琼楼，
昔日饥荒迹不留。
改革春风添锦绣，
和谐幸福乐融融。

（三等奖　作者单位：遂溪县人民政府）

老区黄坌美（四首）

李灿科

一

连阳明珠数黄坌，历来勤治名重镇。
底蕴深厚民殷实，欣欣向荣人振奋。

二

岁月染血如流金，高陂战斗日弥新。
陈枫石友双名士，革命志气青史铭。

三

文化旅游重打造，美丽迎来百凤朝。
知青每念绿茶香，心坎常赞黄坌好。

四

喜逢盛世新时代，干群合力心澎湃。
青山永在人不老，再创辉煌不言败。

（三等奖　作者单位：清远市文联）

诗二首

邱秀蓉

咏清远秦皇革命老区

绿水青山一望中，和谐发展号声雄。
交通顺畅云龙至，瓜果飘香画境融。
百姓齐心扶梦起，群英鼎力令人崇。
老区不负先驱血，砥砺前行唱大风。

谒清远秦皇根据地纪念碑

峥嵘岁月刻碑中，耸立秦皇傲碧空。
轻抚已知民血热，仰观又见战旗红。
横刀杀敌声声烈，立志翻身个个雄。
壮士英魂今尚健，山乡犹响大江东。

（三等奖　作者单位：清远市委党校）

高阳台·老区颂

徐树荣

红日铺曦，南湖启碇，燎原之火星连。生死攸关，边区扛鼎双肩。浓情热血甘挥洒，铁军民、鏖战多年。守摇篮、哺育新生，立国春天。

光荣理想征程梦，更抚今追昔，命运钩牵。红色传承，脱贫致富攻坚。产业兴旺重农改，创文明、共棹飞扁。老区行、醉煞游人，锦绣山川。

（三等奖　作者单位：清远市直属工委）

美丽乡村赞咏（二首）

彭洪烈

四会程村赞咏

程村坐落远山边，秀色萦回数百年。
粉壁描兰香泛泛，黄鹂跃树绿绵绵。
凭花饮誉为长策，以德传宗非偶然。
惠政于民开境界，平添马力启航船。

四会龙头村赞咏

美丽乡村众口夸，龙头老寨绽芳华。
新修今日浩然榜，复振前贤名士家。
巷有书斋供墨砚，田留福地种梅花。
老妪笑指祠堂外，一柱旗杆沐彩霞。

（三等奖　作者单位：四会市汽车修理厂）

诗二首

谢　平

活道老区行

改革开放四十年，老区巨变展眼前。
硬底道路八通达，致富康庄紧相连。
自流灌网成水利，粮丰衣足乐绵绵。
工企园中蒸蒸上，经社发展转坤乾。

红色鳌头

红色鳌头红旗飘，革命摇篮烈火烧。
要南儿女英姿爽，游击抗敌展奇招。
摧枯拉朽歼顽敌，妙计巧战胜群妖。
新政建立功不没，丰碑长留在今朝。

（三等奖　作者单位：肇庆市高要区老促会）

诗三首

彭世焯

江谷老泗塘雅园农庄

美丽乡村建设忙，象征富裕小农庄。
创新拓出新天地，改革催生老泗塘。
地沃人勤田舍美，物丰路畅故园昌。
有为农友多豪气，敢叫荒山披艳装。

龙甫镇文化站礼赞

城乡一体展新貌，工业先行好智谋。
国计民生先就业，强身娱乐走前头。
生机勃勃三农振，平地融融广建楼。
体育人文大手笔，奔康强镇筑同舟。

柑榄稻花香

穗满粒多沉甸甸，弯腰垂首待开镰。
辛勤农友赢丰果，遍野金黄稻谷绵。

（三等奖　作者单位：四会市经贸公司）

诗四首

曾伯钧

地豆水车美丽乡村咏

东和一地水车殊，若凤栖梧德不孤。
青石嵌墙锅耳筑，牌坊雕像骏骢驱。
达贤奉献围林苑，政策支持辟坦途。
美丽乡村今如是，岭南此景胜东吴。

邓村会纸

邓村会纸大名声，源自千年古法传。
翠竹经裁文漉炼，石灰腌制武熬煎。
池池浆水重重隔，叠叠华章滴滴涓。
成色金黄高品相，集装船载出洋川。

邓村会纸再咏

邓村承继蔡伦师，会纸名扬盛世时。
古法传真敦四宝，新篁漉浪厚三仪。
几抄丝帛云层起，千叠金黄车载驰。
今是岭南称第一，玉田滴翠好耕诗。

重建美丽乡村咏

乡居重葺焕春华，敦本崇文赞水车。[1]
石柱新涂红漆字，泮塘茁壮绿荷芽。
龙头卢宅[2]浩然见，秀水铁坑[3]儒雅嘉。
南看程村[4]兰菊丽，北望奇石[5]瀑飞霞。

注释：

[1] 水车：指地豆水车村。

[2] 龙头卢宅：指龙甫龙头村卢宅。

[3] 秀水铁坑：指罗源镇铁坑村秀水书室。

[4] 程村：指石狗镇程村。

[5] 奇石：指威井奇石河景区。

（三等奖　作者单位：四会市中专学校）

四会十景

李崇康

毓秀贞山

毓秀贞山岭色苍，花香鸟语入亭廊。
通幽曲径连仙迹，佛寺深深绿树藏。

六祖佛塔

塔顶凌空播福音，巍巍佛塔矗成林。
风铃声荡绕高塔，六祖真经藏塔心。

姚沙虹桥

姚寨江滨车马龙，一桥飞架北南通。
雕梁画栋亭廊阁，夜色莅临绽彩虹。

奇石银河

罗隐船床潭旧迹，斑斑驳驳缀银河。
石头奇特羊群样，瀑布飞流奏恋歌。

天海湖景

一泓碧水映蓝天，山色水光紧相连。

风景妩媚留过雁，湖中小岛数超千。

龙城闹市

龙城门外车马喧，塑像柑乡少女妍。
店肆酒家盈顾客，影城虹霓夜通天。

翡翠山河

翡翠山河翡翠镶，沿江楼墅落城央。
人文观景堤园设，亲水亭台飘桂香。

飞鹅新景

飞鹅岭下换新装，群墅洋楼可阅江。
湿地公园河岸绿，水中游艇戏鸳鸯。

广场夕照

牌坊府邸相辉映，树绿花繁鸟语香。
游乐健身情侣会，儿童旷地放筝忙。

天光玉墟

熙来攘往人头涌，万盏萤灯灿若星。
满目琳琅皆耀眼，繁忙交易见温馨。

（三等奖　作者单位：四会市中专学校）

诗词五首

彭海祥

水车村行吟

花红柳绿水车村，景色宜人生态园。
一片清新桃李翠，千般秀丽卉香旋。
亲朋雅聚休闲处，挚友腾欢娱乐圈。
到此方知天地好，心诚四海有良缘。

江谷行

清心雅苑[1]印象

清心雅苑漫芳馨，百卉繁花竞艳明。
生态园林呈秀美，斑斓月夜满天星。

诉衷情

清晨上路采金桑，诗妹秀红装。休闲觅景寻趣，水库进农庄。

江谷镇，享芬芳，雅兴彰。果园花香，老泗塘村，满目琳琅。

注释：

[1] 清心雅苑位于江谷镇老泗塘村，桑果园位于江谷水库旁。

古法造纸第一村[1]行吟

扶利乡风享誉名，蔡伦纸术久传承。
进士当年留古训，文明大道启新程。

注释：

[1] 我市贞山街道扶利村，是中国古法造纸第一村，广东省文明乡风示范村。

再访扶利村有感

重回扶利访碉楼，学会携诗昨又游。
节到清明春色美，时临谷雨翠颜幽。
书香满溢堂庭雅，墨韵轻飘古寨留。
喜有先贤常励志，恭祈再辟好源头。

（三等奖　作者单位：四会市建筑工程公司）

诗词三首

余定华

山乡巨变

羊肠小道草萋萋，冷落山村茅屋低。
日暮掩扉怕兽影，清晨帘卷喜莺啼。
以前做客瓜薯代，今日盘飧鱼肉齐。
楼宇碍云大道直，春风送暖境如诗。

乡村秀色

峰青滴翠溢芬香，水秀泉清润一方。
塘鲤鲜肥祈客购，蜜橙初熟待君尝。
车车茶叶销城市，座座旧房换新装。
改革春风施福泽，老区励志迈康庄。

柳梢青·山里人家

柳袅烟斜，幢幢新屋，树影轻遮。户户红墙，家家绿瓦，装饰豪华。

厅堂陈设尤佳。更时尚，出门名车。山里农民，由劳变富，谁个不夸。

（三等奖　作者单位：饶平县诗词协会）

词二首

杨建东

踏莎行·访革命老区曾大寮村

大道通衢，小河接堰。高冈树色流芳甸，木棉不负驻春光，攀枝绽放红深浅。

芳草鸣莺，野塘泳鳝，樱花雅舍琳琅苑。漫天雨后乍轻烟，斜阳更照行人远。

蝶恋花·游老区京溪园樱山花谷庄园有感

草长莺飞花满树。海晏河清，万物峥嵘处。曾赏红梅如宝婺，又看北岭山樱吐。

杏月拌田蒸角黍。难得闲心，且把晴光度。蔚茂人文桑梓路，吾心祈福山河固。

（三等奖　作者单位：揭阳诗社）

南乡子·改革开放四十周年

孙　善

华夏日东升，改革维新百业兴。
物质精神齐发展，飞腾，四十年来国力增。

保社稷安宁，热爱人民获好评。
国际友人多仿效，宣称，领导才能列上乘。

（三等奖　作者单位：广州地区老游击战士联谊会）

散文类

我家住在万达旁

李富根

一条弯弯曲曲的鹅卵石铺成的老街像一条长龙，卧在浈江南岸；一间间青砖砌成的客家老房子散落在老街的两旁，这就是我们的村庄——江口老街。

村前，一条哗啦啦的河流日夜不停地欢呼着，流淌着；河滩上，一层鹅卵石一望无际；河坝上，一堆堆沙滩，起伏渺茫；村子里房前屋后，绿树环绕，修竹林立；菜园边，一簇簇生机盎然的芭蕉伸展着宽大的叶子，迎风招展。

一九七六年，一场特大无比的洪灾暴发，汹涌的洪流如千军万马奔腾而至，让村民们措手不及。慌乱之中，村民们跌跌撞撞爬上楼顶，狼狈地被困在洪峰之中，叫天天不应，叫地地不灵。那情景，当真叫人心惊肉跳，肝胆俱裂。放眼四顾，黄浪滔天，声威吓人。一间间闲屋被洪水浸泡，轰然倒塌。

亲历过洪峰的村民心有余悸。一九七七年，在公社领导的帮助下，我们整个村搬迁到了一座名叫朱公岭的山脚下，距离河边的老村庄约两公里。

当时的朱公岭，是一座乱葬岗。远远看去，高高的坟头一个紧挨一个，望不到尽头。动工兴建新村时，一辆辆发怒的推土机在朱公岭上日夜轰鸣着，嚎叫着。推土机开足马力，奋力推开了一层层黄土，推出了一片开阔的工地。

仅花费一年工夫，一条长数百米、宽三米的笔直街道建成。街道两旁，两排整整齐齐的客家泥砖瓦屋拔地而起，屹立在朱公岭山脚下。

我们村是全县建立起来的第一个新农村！多年以后，仍有大批领导前来参观我们村的村容村貌。领导们对我们整齐的村庄赞不绝口。

新建的村庄远离了河流，绝了水患。但也有人说，我们村是在乱坟岗建立起来的，阴气较重，鬼怪较多，万一鬼神怪罪下来，那如何是好？村中有得高望重者用手杖敲打着地面说：胡说！向来，都是阳气压着阴气的，哪有阴气压着阳气的！我们这儿人口众多，阳气重，不用怕，鬼怪们自会退避三舍！

我听村中的老人说，从风水学的角度来说，我们村是个好地方。南面，是连绵起伏的朱公岭，是一道天然屏障，护卫着村庄；北面，是大片一平如镜的稻田，视野开阔。也有人形容说，我们村的位置倒像一把太师椅，背有靠山，可支持长久。更妙的是，村口处，有一条小溪流绕过村口，潺潺的溪流，给我们村带来了无尽的财气。

我们村总共有四五十户人家。20 世纪五六十年代，村里每家每户都是赤贫，大家穷得叮当响，穿着褴褛的衣服，不少家庭，哥哥穿破了的衣服，弟弟接着穿，直到衣服无法修补，这才舍得扔掉。每家的家庭收入没有多大的差别。

改革开放的春风吹进我们村子，村民纷纷脱贫致富。到了 2001 年，县委县政府实施招商引资工作，把香港万达工厂引进来。万达厂是一间大型工厂，在全市数一数二，可容纳五六千工人。

万达厂建在我们的家门口，那是得天独厚的优势，更是村民们的福音。村里许多青壮劳力争先恐后洗脚上田，涌进工厂打工。有些四五十岁的村妇进厂后，一边打工，一边种地，日子虽然辛苦，但农耕和打工两不误，收入颇为可观。

工厂附近几个村庄的村民看到了无限的商机，筹资兴建了一栋栋的楼房，除了供自家居住之外，还提供房屋出租。这样，村民无形之中增加了许多收入。有的村民趁机开了杂货店铺、小食店、快餐店，生意相当火爆。老人们也闲不住，平日在菜园里忙碌不停，或翻土，或除草，或浇菜。老人们把摘下的新鲜青菜捆绑好，赶在下班前，拿到厂门口摆卖。下班的铃声一响，工人们像潮水般涌出厂门口，老人们的青菜随即被抢购一空……

优旺是我的妹夫，原先从事装修行业，在县城揽些活儿，帮人安装水电，室内装修，赚钱养家糊口。万达厂建成之后，优旺进厂打工，数年后，有朋友邀他重出江湖，外出承包装修工程，拼命赚钱。承包工程可以挣些钱，可是有些无良老板总是找借口拖欠工程款。每次，优旺上门收钱时，总是难以收取现钱。我们都劝他回万达厂打工，那样才划算，一者没有那么奔波，二者每月工资按时到账，三者厂里买了保险，老有所养。在亲朋的劝说下，他终于返回万达厂打工，同时兼顾家里的农活。数年之后，妹妹和优旺攒钱兴建了一栋两层的新居，一家人衣食无忧，幸福地生活着。阿辉原是外乡人。身材瘦小，脸膛出奇的黑。我们村有一户人家，姓王，家中全是女将，无一男丁。阿辉从远乡跑来我们村，经人介绍，自愿上门入赘。那年月，阿辉跟媳妇养了一窝女儿，尽管阿辉夫妻俩日出而作，日落而息，在田间地头摸爬滚打，辛劳了半辈子，仍一贫如洗，没有摆脱贫落后的面貌。万达厂建成之后，阿辉的女儿们已经长大，个个出落得整齐，她们纷纷进厂打工，为家赚钱。阿辉在自家的田地上种了数亩莲藕。阿辉没有想到，他种植的莲藕，成为村中一道最为亮丽的风景线！

每年七八月间，烈日当空，阿辉种植的数亩荷花肆无忌惮地怒放，令人忍不住驻足旁观。一场斜风细雨过后，荷田格外清新，一只只小蜻蜓不知从哪儿钻出来，在荷田上追逐，上下轻飞。一张张宽大的荷叶轻轻摇曳，似少女转动着的曼妙身姿和飞扬的裙裾，令人神迷情乱。荷叶上翻滚的大小水珠，像一颗颗闪光的明珠，晶莹剔透，令人喜爱。雨后荷花，更如出浴的美女，清新娇艳，又似害羞的小姑娘，在微风中躲闪着，令人暗生怜香惜玉之心。

夏热褪去，秋季来临，荷叶枯萎。这时，到了莲藕收获的季节。阿辉每天在荷田里弯下腰，硬是用双手把一根根莲藕挖起来，弄得一身泥浆，像个泥人，可他黝黑的老脸却溢满喜悦的笑容。那笑容，就像夏日的荷花一样灿烂。阿辉瘦小的身影被秋日的阳光拉得好长好长……

阿辉种的莲藕肥壮嫩爽，味道鲜美。每天，阿辉挖好莲藕后，洗得白白净净，挑到厂门口叫卖。因为阿辉的莲藕好吃，每次都能卖上好价钱。周末，我们一家老小从县城回到村里小住一两天，母亲也极喜欢阿辉种的莲藕，她亲自走到阿辉的荷田里，挑一两根莲藕回家熬汤。阿辉总是说，乡里乡亲的，一两根莲藕，又不值几个钱，送给您老人家啦！可母亲却说，种莲辛苦，挖莲藕更加辛苦，如果不给钱，我心里过意不去呀！母亲不管阿辉怎样说，总是扔下钱给阿辉，然后才抱起白白净净的莲藕回家。

前几年，阿辉在自家后院兴建了一栋三层的洋房，洋房装修得漂漂亮亮。阿辉膝下无子，他招了上门女婿，以便传宗接代，延续香火……

阿辉的邻居叫狗仔。狗仔是位独儿，读完初中，没有考上高中，便回家种地。狗仔脾气温顺，善良和气，但就是不会操持家务和农活。初中毕业后，狗仔的父母便张罗着给他找了一门亲事。狗仔的女人原在马市镇是个黄花闺女，那个乡镇的农民上造种烟，下造种粮，女人特别能吃苦。狗仔把女人娶进家门后，在女人的带领下，起早摸黑，含辛茹苦地挣钱。自从村前办了万达厂，小两口双双进了工厂打工。但他们并没有撂下地里的活儿，下班后，他们便奔向田间地头，抢收抢种。老天并没有辜负他们的辛劳，狗仔也建了四层的楼房，加上原来的泥砖瓦房，狗仔家有好多房子出租，单是租金收入，也相当可观。

狗仔有一独儿，读完大学，在珠海打工，娶了一个白净的湘妹子回家。如今，年仅四十多岁的狗仔便有了孙儿，成为村里最年轻的爷爷级的重量人物。不过，狗仔照常到厂里上班。狗仔是第一批进万达厂打工的，是位老员工，他又能吃苦，工资自然比普通人高出了许多。

随着形势的发展，我们村的地皮越来越吃紧，很难弄到一块地来建新房。好几户人家已经推倒老房子，在老房子的旧址上建房。我在县城上班，工作繁忙，有时隔一两个月回家。我惊讶地发现，村里又冒起几栋漂亮的楼房……

今年某一天，我在办公室办公，忽然村里的饶队长来访。饶队长说，他在任期之内，要把我们村建成全乡镇最好的文明村。他如数家珍地说，通过这一两年的努力，村里铺了水泥街道，新修了数百平方米的文化室，铺设了篮球场。唯一不足的是这么长的街道没有街灯，村民们在夜晚出行不方便。饶队长问我，能否发动外出务工人员为村里捐钱，安装太阳能节能灯，解决村民们的难题。我一拍大腿说，好啊，这样的事为什么不早说呢！

我们说干就干。我领着饶队长在县城找到经营太阳能节能灯的老板朋友，好说歹说，老板同意尽快给我们村安上节能灯，至于款项嘛，实行最大的优惠，还可以延后付款。

当外出工作人员得知要捐款安装村里的太阳能节能灯的讯息后，纷纷回乡，解囊相助，五百、一千、两千……不出十数天就筹集了数万元，轻松地解决了经费难题。

夜晚，我们村的太阳能节能灯发挥了作用，数百米长的街道被照得如同白昼。夜晚，村民们再也不用摸黑到万达厂上夜班了。村民们笑逐颜开，拍手称快，称赞我们外出工作人员为村里做了一件善事。邻村的村民见我们村安装了太阳能节能灯，羡慕得眼睛都红了，他们纷纷嚷着要效仿我们村，也要筹款安装节能灯……

（一等奖　作者单位：始兴县教育局）

探亲

蒋生

阿秀和兵哥哥阿威结婚后在外省的城市里生活五年了，这是第一次回故乡探亲。几年不见老爸老妈了，多想念啊！她坐在火车上，那思念的心儿早就飞回到了老爸老妈的身边……

经过两天两夜的颠簸，第三天早上，火车终于到达雷州。阿秀的娘家是革命老区村庄，由于经济困难，各项建筑都很落后。下火车后，阿秀紧接着乘班车回到镇的车站来。那老天真无情，骤然下起暴雨。她想，从镇到村尚有13公里，全是坎坷的土路，天一下雨，泥泞稀烂，有的路段水深过膝，很是难走。怎么办？她的心一直在忧虑着。

雨停的时候，已是下午5时，斜阳透过云层，撒下柔和的微光。

阿秀提着行李在圩街上走了一趟，想找到村里来赶集的人一同回去。也许是太晚了，没找到一个。她正在犯愁，一辆小车乍地在她的身边停下。车上走下一位西装革履、五官端正、笑容可掬的青年哥儿。他对着阿秀瞧了瞧，问："大姐，你是到新村的吧？"

"是呀，你怎么知道？"阿秀听到他的问话有些突然。他随即"噢"的发了一声惊叹道："这么说，你就是秀姐了，我是从照片上认出的。上车吧，你爸叫我接你。"

阿秀一听，心里一阵狂喜。但很快又不由自主地忧愁起来。她皱着眉头道："那烂土路，下了这么大的雨，能走吗？"

“哈哈哈……”他见阿秀这么说，禁不住朗声笑起来，然后又脸带微笑着：“这也难怪你如此忧心，听说你结婚后已到外省五年了。别想那么多，快上车吧！”

阿秀虽然老是狐疑，但见他那诚实的份儿，还是坐进了他的小车。

他按按喇叭，将车开动了。很快，车就开上一条平坦宽敞的硬底化大道。大道两边种有桂树，长得墨绿墨绿的，开满了白色的小花，在微风的吹拂下，一路送来满车馨香，令人感到很是怡然舒畅。

但阿秀觉得这不像通往她娘家的村路。他会不会开错方向了呢？尤其是一路上，她看着有人给他来电，他不时抓起手机听，不知对方说些什么，只见他连声说：“好好，等一会，我马上到！”说完，他加大油门飞也似地向前开，使她疑惑不已。唉，是否上当受骗了？如果他……叫我如何是好？她那忧虑的心也就随之忐忑不安地狂跳起来。

不多一会儿，车到了村边停下。他说：“秀姐，到了。我朋友有急事要我去接，不便送你到家，不好意思，请下车。”

“好好。”阿秀的心终于静了下来。她把行李提下车，给他掏钱。他却摆摆手说：“不必客气，我们是一家人哩！”他说着将车头一转，急驰而去。

很怪呀，我在村里长这么大，从来不见过他。他竟然说与我是一家人，还叫我秀姐，不要车费。这真让我费解！阿秀望着他远去的车影沉思着。

“阿秀！”突然，一个亲昵的叫声飘来。阿秀忙转身一看，只见老妈笑眯眯的向她走来。

“妈呀，我好想您呀！”阿秀一时惊喜交集，向老妈走去。

“还说想呢。我念你都念到天变地变了，你今天才回来！”老妈怪嗔着，随之把话题转过来问，“是阿福接的你吗？”

“我不知道他是谁，只听他说是爸爸叫接我的。”

“这肯定是阿福了，他呢?”

“他说，朋友有急事来电找他。车刚到村边，他就让我下来，急匆匆的掉转车头开走了，连车费都不要。”

“好好，这孩子就是不错……”老妈连声称赞道。

阿秀问老妈阿福是什么人。老妈告诉她说，他是县里一位副局长的儿子。去年，他跟堂妹相识，见堂妹生得清秀能干，就爱上了堂妹。今年年初，他到我们村来，见村的建设不但城市化，而且风景优美，地方清静，空气新鲜，有的群众的生活也比城里人好。于是，他辞去了城里的工作，入赘到我们村来跟堂妹喜结良缘。近来，他跟堂妹商量创办了一间饲养场……

“哦！难怪……”阿秀听着听着，禁不住脱声道。

走进了村大门，阿秀抬头一看，顿时怔住了。她随阿威去那年，村里的住房仅有 10 来座平楼，其余都是瓦房、草房，巷道也很狭窄，况且污水横流臭烂不堪。可现在，全村是清一色的楼房，有二层、三层的不等，墙都刷得雪白漂亮。巷道也全硬底化了，又直又平又宽，两旁还种上了花草树木。往前走，更令她惊叹不已——一座风景别致的生态公园展现在眼前，公园里有曲径、假山、喷泉、凉亭，栽着各种奇花异草，绿树如伞，翠竹依依。老人们坐在亭子上看报的看报，聊天的聊天，小孩子在绿树翠竹间嬉戏玩耍，小鸟在树上不时传来几声鸣叫，很是悠闲清静。公园的左边有十分气派的电光球场，右边有宏伟壮观的文化大楼……实在是太美了，跟城市真的没有两样。

阿秀随着老妈往前边走边看，不多久，就到了她的老家。老家也大大的变了。她去时的住宅是一层楼，室内既不装修，其家具也很简陋。现在却变成了两层楼，室内的地板铺上了亮丽的瓷砖，墙上也贴上了彩瓷。厅里添置有数字电视、沙发椅、茶几，厨房里设有消毒柜、电冰箱、煤气灶、电饭煲，卧室里换上了梦思床、高档衣柜等，应有尽有。

如果不是老妈接回，她简直不敢相信，这是娘家的村庄和老家呢！

老爸满面春风地对她说："秀啊，你只出去了几年，我们村就发生了个翻天覆地的变化，真是做梦都想不到啊！你看，我们村现在的生活跟城里人都一个样了！"

"是呀是呀，前些时间里，您给我去电说，家乡正在建设新农村和我们家生活的改善情况，不是回来亲眼看着，怎么也想不到，我们全村建得这么美，大家的生活过得这么好，我们的家也真的变化这么大呀！"

老爸听着，立即跷起大拇指咧着嘴说："嘿！真是改革开放好！在党中央的领导下，实行了'三农'政策，接着又是'扶贫政策'，不但给农民免税、农家子女免费上学，还为农民补贴资金种粮和垫钱搞医疗保险，并免息为群众贷款，指导农民大种甘蔗、瓜果、蔬菜等经济作物。这几年的生产都取得了大丰收，加上政府派人帮助推销卖了好价钱，大家的钱包都胀了。此外，我们村集体也造林5000多亩，并办起了一间卷板木材厂和两间砖厂，让富余劳力到厂里就业，使群众增加收入加快致富，同时，村集体也富了。所以，这两年我们村在市派来的工作队的指导和统一规划下搞起了新农村建设。如今，我们村集体已有了大笔存款，不仅村里办什么事都容易，村里的老人每人每月除了享受国家的养老金外，在村里还可领到500元哩。嘿，我们这代人呀，真是前世修来的福！"

阿秀听着老爸的话和看着他那愉快的样儿，联想起家乡的巨变，她的心都陶醉了。她道："好啊，我们农家终于过上小康生活了啊……"

（一等奖　作者单位：雷州市文联）

枫叶为什么这样红

黄瑞平

冬天，是枫江两岸枫叶红了的时候。

红艳艳的枫叶，映红了浩然的枫江，映红了两岸古老的乡村。一年又一年，成片的枫林，火红的枫叶，叙述着八十年前枫江两岸的红色岁月，和那场波澜壮阔的红色武装割据斗争。

当枫江边枫叶又一次染上红色，一面绣着镰刀铁锤的红色军旗，从西部苍茫群山中飘了过来。古大存率领的红十一军，在胜利完成八乡山暴动之后，浩浩荡荡从潮州揭丰边区的世田、大小葫芦山村进入归仁区，红色箭头最先落在枫江上游北岸的世田、白茫洲。

从八乡山过来的红军，军部设在枫江源头之一的世田溪边的美丽小山村——名不见经传的大小葫芦山村。一座座充满客家特色古村的民房，成了红军第二指挥部和军需仓库。

在古大存的协助下，潮安县史上第一个县级政权——潮安县革命委员会成立了，主席张义廉。

红十一军的到来，县革委会的成立，极大地鼓舞了枫江两岸甚至整个潮州人民的革命斗志。有多少心存献身红色革命事业的青壮年，纷纷奔赴归仁区，参加了红军队伍。

红军来了，枫叶红了，归仁区的世田和大小乡村，成了潮安第一个红色根据地。那面从八乡山飘过来的镰刀铁锤军旗，使世代受压迫的穷苦人，看到了光明，看到了希望。枫江边上古老的乡村，古老的墟场，贴满了红色的标语，白云村斑驳的寨墙上，那条发自民众心声的“红军胜利万岁”巨幅标语，成了潮安的红色经典。

红军的胜利，鼓舞了广大民众跟着共产党走，夺取了全国胜利，建立了一个劳苦大众当家作主的社会主义国家的百折不挠的信念。

红军队伍的到来，使枫江上游的大片乡村，成为红色武装割据的起点；潮安县革命委员会的横空出世，使白茫洲乃至枫江两岸归仁区的广袤土地，成为了人心向往的革命中心。全区50余个村落化成一个个红色的符号。

红色武装三打潮州城的壮举，惊动了国民党当局。于是，敌人从汕头、揭阳、福建方向向我红色武装进行反扑。古老的大地，硝烟四起，喊杀连天。

红十一军在潮安民众支援下“三攻潮州城”的辉煌，受到中央苏区领导的嘉奖。当年中央苏区机关报《红色中华》，为此作了专题报导：“……红军第十一军……进攻潮州城，该地工农联合起来参加暴动者十余万人……豪绅地主，尽随反动军队走避一空。”

在归仁区坚持了近一年的红十一军，在开辟山大乡老区后奉命北上，无数参加了红军的潮安优秀儿女，也随红十一军撤出归仁区，奔赴迎接中央红军的前方。

国民党当局趁红十一军和归仁赤卫军战略转移之际，派出重兵向红色根据地归仁区扑来。

敌人的疯狂报复开始了。无数参加革命的民众，遭到了逮捕和杀害。古老的乡村，腾升起熊熊烈火，一片片民房在烈火中轰然倒塌，世田白茫洲化成了火海，潮安县第一个县级政权诞生地的管厝祠，顿时化成了灰烬……火光映红了枫林，烧红了枫江。

敌人的报复和屠杀，没有吓倒英雄的老区人民。他们拿起武器，走进苍茫的群山峻岭，与敌人展开了艰苦卓绝的斗争。

一年又一年过去了，枫江边上的枫叶，一年比一年更加红艳。

终于，当年曾同饮一江水、同唱胜利歌的劳苦大众，在送别红军的地方，迎来了火红的五星红旗。枫江边上的枫叶，在五星红旗下又红了……

当枫叶又红遍枫江两岸苏区的时候，经历过土地革命、抗日战争和解放战争血与火考验的老区人民，在中国共产党的领导下，一如既往地为中华民族的伟大复兴，为了老区的光荣继续奉献着。

当改革开放的大潮，以波澜动远空的气势，席卷东方古国的时候，苏区人民敢为人先，就像当年跟着红军闹革命的雄心壮志，奋身投入改革开放、建设家乡、改变老区面貌的大潮中……

当十八大的春风，挟着中国梦吹进当年叫归仁区，现在称登塘、古巷镇枫江两岸苏区的时候，苏区人民不忘初心，坚定信念，以一如当年在红旗下浴血奋斗的身姿，用永远在路上的精神，打响了脱贫致富攻坚战，用执著坚守的雄心，敢教老区换新颜！

党和人民永远不会忘记曾为新中国作出巨大牺牲和贡献的老区人民。

潮州市、潮安区党政部门，从十八大以来，把脱贫致富的重点投向老区，引导和带领老区人民打响了脱贫致富攻坚战。在以习近平总书记为核心的党中央的坚强领导下，在十八大、十九大精神指引下，在潮州市各级党政和老促会的直接关心下，老区人民更加意气风发，万众一心，打响了老区脱贫攻坚战……

今天，当你走进枫江两岸苏区村，一个崭新的社会主义新苏区呈现在你的面前：一座座依山而筑、面水而建的钢筋水泥结构新楼房以及神态各异的装饰，引起人们阵阵的惊叹；一所所新校园，溢出孩子们朗朗的读书声和欢快的笑声，教学楼上那面鲜艳的五星红旗，在枫红的映射下更加光辉；当年红军操练的广场，化成一座座悠闲健身的公园，晃动着大妈姑娘们的舞姿；走过了多少代人的泥土路，霎时变成了平坦的水泥硬板路；古村落花木成荫，鲜花掩映；宽广顺畅的省道枫（溪）留（隍）路沿江而上，像一缕红线将满布山乡的红色村庄串在一起；处于枫江支流顶端，曾是红十一军军分部的红色老区世田村，被省委、省老促会定为潮安首个红色村光荣称号，而且划拨巨资建为省、市红色旅游点，成为潮州市红色教育重点基地，而且正以新的面貌呈现在粤东红色老区中……

在古大存率领的红十一军帮助下，成立了潮安县首个共产党独立组建的潮安县革命委员会，所在地白芒洲村老区人民在上级党政部门的关心扶持下，在原来被国民党当局焚毁了的废墟上，以百折不挠的老区精神，建起了一座美丽的新村。那座在革命史上立下光辉篇章的潮安县革命委员会旧址管厝祠，也得到了修复，成为红色教育基地。枫江两岸的老区，在改革开放的大潮中焕发了新的生机……

在习近平新时代中国特色社会主义思想指引下，枫江两岸的苏区，与整个潮安苏区一样，将迎来新的飞跃，迎来枫叶更红的时代……

一位出生于老区的老共产党员，无限感慨地说：“当年，我们的父辈们，拿起梭镖，跟红军打出一个红彤彤的新中国，今天，我们撸起袖子，跟着习主席为中华民族伟大复兴而贡献力量”……

（一等奖　作者系潮州市潮安区农民作家）

大田歌行

余子文

大田，一水横陈，深步河从中流过，蜿蜒曲折，呈现出“六山一水三分田，一座矿山占半边”的地貌特色。经“三冲”（横冲、上、下东冲），见小桥流水，茂林修竹，屋舍俨然，村落依山而建，高低错落，一派田园景致。河道流经蛤水，拐了个大“S”弯后梯级而下，深塘坑与上下枫木遥遥相对，青山翠绿，园林幽静，河水一路向东，穿田野平畴，视野豁然开阔，流经村委左侧，吸纳另一条溪流，汇成更大的水势，至村头北折而去，左右村夹岸相对，房屋鳞次栉比。深步河日夜奔流，灌溉了一方肥田沃土，给山村大田增添了不少灵性。

大田多大姓，往往地以姓名。如黄屋、陈屋、莫屋、陈屋之类，其中尤以曾姓为巨，曾氏始祖早在清初即来此地开基创业，至今已历三百余年。累计几代，先后建敦伦、敦行、崇礼、树德堂，聚族而居，开枝散叶，人丁兴旺，各行各业英才辈出，人文鼎盛由此可见一斑。清康熙、宣宗、穆宗曾钦赐派字，以示特别优眷。曾氏所修族谱，保存完好，源流清晰，脉络分明，为百家族谱之上品，不少曾姓后人都自己出资复印，妥善保存，传之后世。族谱成了他们认祖归宗的精神纽带和家族绵延兴旺的历史见证。

大田自村口而进约两里，曾有玄帝庙，几与村同岁。庙内有巨钟，铸于清嘉庆五年（1800 年），钟高 52 厘米，口径 45

厘米，中段周长 110 厘米，上刻铭文“风调雨顺，国泰民安。沐恩大田甲缘信等虔具洪钟一口，敬奉本境水口玄帝爷爷千秋永远供奉，嘉庆五年春月吉旦立，佛山聚胜炉造”。“文革”伊始，大破“四旧”。庙毁，钟被移至村小学，作课间报时用，幸被识货之人发现，乃得救。此钟后被文物部门收走，现存于市博物馆内，用于展览。具有讽刺意味的是，拆毁玄帝庙后不久，于 20 世纪六七十年代，村民又在玄帝庙旧址附近建起了三界庙，用于神灵祭拜和村内重大活动的聚会场所。知情者见之，难免睹物伤情。回想起沧桑岁月，感叹世事无常。

炮会是大田的一项传统民俗，寄托了村民的美好祝福。每年正月十三，村里的男男女女，老老少少，无论是平时在家的，还是外出打工的，都会相聚一起，烧炮、聚餐，去三界庙上香还愿，祈求风调雨顺，五谷丰登。附近的群众也会闻讯前来看热闹，浓浓的年味让所有在场的人都显得兴奋异常。大田炮会沿袭“抢”的传统，专用炮台用竹木搭建在野外空旷的高地上，寓意吉祥的炮头放置在塞满火药筒状的铁环上，只等吉时一到，点燃炮引，一声巨响后，炮头冲向天空，围观的人们一拥而上，奋力拼抢。抢到的炮头并非归为己有，而是等到来年炮会时归还宗族，以备再用，炮头所承载的吉祥如意得以生生不息地传递下去。村里每年会利用炮会，发起募捐活动，所得钱款用于村级公益事业和慈善活动。烧炮，这种群众性很强的娱乐活动，不仅给村民带来了简单的快乐，还让他们记住了故土和乡愁。

大田曾是革命薪火燎原之地，辖下的下东冲村是革命老区。解放战争时期，不少仁人志士在此活动。在“三罗”工委的领导下，他们在下东冲村建立了交通站，发动群众支持和参加游击队，开展武装斗争，保障来往武装人员的食宿和安全。随后又建立了东冲武装小分队，入队的村民有 27 人，经过斗争的考验，有 8 人被编入“三罗”主力西江连、黄河队，参加了“三罗”大进军、苹塘、连州、三打镇安、解放白石等战斗。他们还成立了农会，组织民兵，打土豪分田地，开展“二五”减租和反“三征”（征兵、征粮、征税）斗争，做开明绅士的统战工作。革命斗争开展得轰轰烈烈，使大田平添了不少传奇色彩。走进东冲，只要提起这段往事，村民们都会津津乐道，如数家珍，骄傲和自豪洋溢在每个人的脸上，激动和慷慨之情溢于言表。

大田物产丰饶，铅锌矿富聚，远近驰名。本世纪初，广东地质调查院经过预查和普查，在大田高枨境内发现了铅锌银矿。后经业主单位详细勘察钻探，探明矿石资源储量 859．83 万吨，其中含铅 122134 吨，锌 263741 吨，银 1128．67 吨，锡 11192 吨。这一重大发现是国土资源大调查在广东省内取得的重大找矿成果之一，亦是由国土资源大调查引入商业勘查的成功范例。2012 年 8 月，广东发恩德矿业有限公司在此建成投产，年采矿石 33 万吨，为地方纳税 2000 万元，给周边村民提供了不少就业岗位，带动了当地经济的发展和基础设施建设。大田除拥有丰富的矿产资源外，还大量出产水稻、花生、玉米。水果种类丰富，四季不断，盛产荔枝、龙眼、枇杷、沙糖桔等，是村民的另一大收入来源。

大田是首批省定相对贫困村，下辖 5 个自然村、22 个村小组，有三千多人，七百多户，贫困户 156 户，三百多人。近年来，通过精准扶贫、乡村振兴和新农村建设，大田迎来了难得的发展机遇，不断推进产业振兴、组织振兴、人才振兴、生态振兴和文化振兴，大力开展村道硬底化建设和路网改造，因地制宜修建了休闲广场，完善了户外活动设施，不断进行环境整治，绿化美化净化村庄，开展“三清三拆三整治”，实施人畜分离，雨污分流，修建了不少污水处理系统，使村庄卫生状况日益好转。太阳能路灯安装做到了全覆盖，每当日落西山，华灯初上，大田的夜晚就显得格外明亮，村民戏称像天上的街市，远远望去，灯光就像都市一样繁华。

自驻村扶贫以来，我和帮扶单位的干部一道，走遍了大田的山山水水、每一个村落，走遍了村中的每一户贫困帮扶对象，深深感受到他们对精准扶贫寄予的厚望，对美好幸福生活的向往和追求，感受到他们的勤劳纯朴友好，从而更加意识到自己肩负的使命和责任，一刻也不敢懈怠，只能以始终如一的热情和认真，抓好每一项扶贫工作，想尽办法帮扶贫户发展生产，改善生活。每当看到我们的工作得到了帮扶对象的认可，就感到特别欣慰。在大田工作生活久了，时不时就会被她厚重的历史人文底蕴所感动，被她的光明未来所鼓舞，心中总是充满了诗情画意，促使我不由自主地拿起笔来，创作出《大田歌行》来对她进行讴歌，表达我心中的美好祝愿，希望大田的明天会更好！

一水蜿蜒绕大田，夹岸相对左右村。
深塘坑口望枫木，风月无边照三冲。
黄刘陈莫虽名氏，曾姓族居大家庭。
清皇派字几十代，谱系传承线索明。
敦伦敦行开先世，崇礼树德振家声。
英才辈出创大业，革命薪火百年存。
物阜当数铅锌富，民丰有赖村振兴。
高枨福地藏宝矿，漫山还闻果留香。
精准扶贫两载半，久住他乡亦故乡。
乡愁处处今又是，唯愿斯民达小康。

（一等奖　作者单位：云浮市委宣传部）

大醴泉酝酿文旅西河

邱汉章

西河镇位于大埔县东北部，毗邻福建。从福建流来的漳溪河，纵贯其境。漳溪河又称西门河，西河由此而得名。

西河之名与“水”字是分不开的。若翻阅客家迁徙史，可知闽西、赣南和粤东“三角地区”乃是过去客家人在南方聚居的“大本营”。而奔流在“大本营”的汀江及其支流漳溪河等，既是滋润客家乡土耕读生活的生命之水，亦是浇灌客家绵绵瓜瓞繁衍不息的甘甜乳汁。事实上，客家先民在向南方迁徙的过程中，是沿着“山”和“水”的目标前进的，有涓涓泉流即有水源的地方，山环水绕的地方，才是落脚生存和开基创业的理想之地。在“大本营”地区，有白墙黛瓦的地方，特别是有土楼或土楼群的地方，都是流水潺潺的地方。而且，客家“地盘”还沿着河流迅速延伸和扩展。所以，客家地区处处山清水秀、鸟语花香。漳溪河千百年来浇灌的西河沃土，山青水广，风光宽阔，是客家经典之地。

我对西河的印象也是与“水”分不开的。记得读中学时的一个暑假，我跟着小张同学到他家西河东方麻园村玩，在他家住了几天。如果说在搭车去西河的漫长的沿河公路上，映入车窗的河边翠竹和翠竹摇曳着的清清江河，仅仅是其景色让我欣赏入迷，未有让我对“水”有过多联想，但小张同学屋门前麻园村那条小溪却曾从我的肌肤流入我的梦里，并在此后的岁月，一直在我梦境中流淌着。住在小张同学家的那几天，每天晚饭后，夕阳西下夜幕轻笼时，我俩只穿着裤衩去门前小溪洗澡。虽是酷暑时节，但夕阳退出天幕后的山村小溪却非常清凉，这个清凉仿佛让我数十年后仍有感觉。也许是这种清凉，让我记住了那条小溪，并把麻园村的青山、竹林、田丘连同小溪的清凉一起完完全全的折叠起来，珍藏在梦境里。

数十年后，因工作需要，我好几次到西河去。每次出发去西河，我心底里都会有一种兴奋的情愫在慢慢地升腾着。我知道，这是珍藏着麻园村弯弯溪流的梦境，经过数十年的发酵酝酿，已芳香无比，弥漫了整个心房。今天的西河，已与中学时代所见完全不同了。但不变的是漳溪河依旧连接起一个个美丽的小村庄。这一连串的小山村，呈现一派田园农耕生生不息的景象。带着麻园村芳香的情愫，我一连好几个周末都到西河去看山看水，眼里所见皆灵秀。

那耸翠的青山，奔流的绿水，如翡翠嵌镶的远山近丘，还有那众多的古屋民居，让我百看不厌。我总觉得，西河的天空、青山、田野和村庄像被水洗过一样干净、清爽和鲜亮。每当极目天际，云霞飘逸，远眺溪流叠嶂，植被层峦，近看山野温和，庄田肥沃，襟袖间总是金风馥郁，鳞波澹荡，澄辉潋滟，还有那河堤婉然，熔金画岸，让我陶醉其中而不愿离去。每当徜徊翠竹摇风的村道，观芳草以瞻嘉树，那各具特色的客家民居古屋，点缀在风光旖旎的田园上，与天地万物和谐，宛如自然舒展的交响曲，总让我为之沉迷而愉悦。那一座座民居古屋，见证了客家人艰辛、勤劳和勇敢的开基创业史。这里，用邹鲁的诗句来形容客家人所开辟的崭新天地，再恰切不过了：“蓝缕荜路启山林，寸寸山村尽化金。”写到这里，不觉歇笔感慨闽粤客家先人用心血和汗水浇铸出的沿河芳村，加上对西河的特有情结，我忽然心头诗行泉涌，笔拙未能尽抒衷肠，谨吟就《游西河漳溪河畔各村庄》古诗一首描画西河以自赏：

骀荡香风嫌路短，
下坡欣喜圃田宽。
青山环列云霞见，
碧水萦回襟袖间。
竹影悠闲芳草岸，
日光和煦菊篱边。
梧桐分绿村居暖，
金桂合香草埂弯。
庭院深藏文翰卷，
檐牙高啄紫微天。
僻村孕育邦国彦，
沃土耕读黎庶安。
筚路瓜瓞太史第，
醴泉酝酿民族篇。
风捎大靖毗屋韵，
流转漳溪平水烟。

吟毕回读，诗句虽存明显斧削之痕，但亦被个中真情所感动。与其说是诗，倒不如说是感情之小溪，正如麻园村那条小溪，流的不仅仅是水，而是客家经典乳汁。

西河！山青水广，物产丰富，主要有水稻、烤烟、西瓜、大菜、茶叶、甘蔗等农副产品。其中“西河香米”、“本草源”西河脉菊、“飞天一品”名茶、“黑美人”西瓜等农副产品是著名品牌，素有“大埔粮仓”之美誉。

西河！历史悠久，英才辈出，是大埔建县后第一位翰林张作舟、“中国民族工业之父”张裕葡萄酒创始人张弼士等名人的故里，曾留下唐代名僧潘了拳修真足迹，而且是著名的革命老区。

西河如今已选取漳溪河两边的北塘村、东塘村、黄堂村、漳溪村、东方村等 5 个行政村、18 个自然村，连片打造成客家乡村自然和人文特色的省级新农村示范区。北塘村主打“古韵北塘”，漳溪村主打“小城漳溪”，东塘村主打“农耕东塘”，黄堂村主打“水韵黄堂”，东方村主打“田园东方”。这些村庄，皆是村景俨然，民俗经典，风光宽阔，禀赋独秀，可谓“到处莺歌燕舞，更有潺潺流水”。

西河的山如画，水如画，可谓“画的山，层层叠叠真好看；画的水，曲曲弯弯流不断。”层层叠叠的山间，总有曲曲湾湾的河流。河流的两边，总是散落着一个个小村落。秀丽的小村落，青砖黛瓦的客家民居，折射着朴实无华的光芒。

“青山不墨千秋画，绿水无弦万古琴。青山有色花含笑，绿水无声鸟作歌”。得幸数次游西河客家经典之美景，请允许我借此文以抒怀：那飞天马山，有坪畲水库和三扎水库，湖光山色，风景怡人；那大靖村、上黄沙村田园宽阔，分别有莲花山连云寺和赤蕨岭灵觉寺，玉带晴云，苍山胜景。四处远山环列，千秋葱茏，似玉屏雾绕，风光旖旎，景象万千。从竹影婆娑、古树耸绿，到云缠雾绕、溟溟濛濛，仿佛在袅袅薄雾轻纱帐里演绎着无穷无尽的坤转乾旋；环顾四周群山，那座座峰峦翠色尽染，条条峻岭碧浪翻卷，万顷波涛翻松林、涌竹海，有“千里横黛色，数峰出云间”的感慨；临空俯览，在似穹庐一样的天空下，青山蔽佑着村庄，碧水滋润着田野，天蓝蓝，云泱泱，日朗朗，水潺潺，完完全全是无数碧玉嵌镶出的诗情画意，而且似乎全部风光都溶化在无限的诗情画意里。山青而馥，水蓝而馨。慢步而行，香飘一路。正好欣赏漳溪河水清且涟漪，感受近水竹木微风之清凉，品味河那边墙瓦田丘之古色。目光流连在悠闲的村道，村道连起碧绿的田畴。那白墙黛瓦的人家，那茂密的河边竹林，那曲线优美的山形，山光水色，清新秀丽，目光所及全是“眉眼盈盈处”。眺望小溪两边宽阔的肥田沃土，好像有一种亲切而温暖的气息扑面而来。这气息是眼前的偏僻小村庄久远而来的饱满积蓄，而且已酿成一种磅礴之势，直接震撼人的内心世界。沿着村道缓缓而行，全身心地享受着这仙境般的景色。天朗云闲，岭峦岑寂，翠竹摇风，流水潺潺，鸟鸣婉转。白墙黛瓦人家在山麓里错落有致，眼前的一切都让人觉得无比的平静和惬意。遥望四处远山，苍苍翠微，万岭绿透。俯瞰漳溪河两岸，地势平坦，土地肥沃，可联想到民丰物盛，黎庶繁衍，山敦民朴，路远风淳，春播夏作，秋收冬藏，五谷丰足，四季安康，仓廪充实，礼乐得彰，使西河镇赢得“大埔粮仓”之称誉。值得称道的是，梅龙高速公路似两条巨龙，飞舞于苍山翠谷，车来车往，坦荡途归。在碧绿的青天下，溪涧清流，山意悠闲，花草幽香，民居古朴，村景俨然。眼中所见皆为诗化了的田园美景。且看莲花山下的大靖、官厅村连同北塘村，一大片土地绿油油郁葱葱；又看张弼士故居光禄第所在的“中国传统村落”车龙村连同黄堂、溪南、龙埔、漳溪、和平村，一连串小村落山水入画香；还有赤蕨岭下的上黄沙等村，一派田园农耕景象，水边竹光泻翠金缕缕，山上绿枝琼花银点点，处处天朗气清，若如游旅仙境。那“绿树村边合，青山郭外斜”的宽广的田园景色，像一幅幅秀丽水彩画。此时此刻，目光和思绪都随着那漳溪河的清清流水，流入河两岸的田园风光和民情淳厚里。古屋檐瓦纳祥瑞，照墙内外青风绕，空气清新甜润，村色古朴醉人，若如稻粱、肴馔、醽醁滋味长。黄堂村的太史第，是大埔县开邑翰林张作舟的祖祠，同科进士何世璂等24人为他的父母祝寿的24幅祝寿诗词书法作品悬挂在祖祠的大厅，此所谓“辞迈翰林，言敷其藻”；客家民俗文化村车龙村，有孙中山先生题写“品重醴泉”的张裕葡萄酒的创始人“中国民族工业之父”张弼士故居光禄第，还有许多民居古屋——北塘乡村旅游区，有辅德堂等数十座明清时期的古建筑，如玉堂公小筑、宜斋公祠、青云世第、兰轩小筑等等，门门显气派，屋屋有故事……明清时期的古屋民居，是客家历史文化的主要载体，是建设乡村旅游的重要依托。你不妨到北塘村西边山麓的千年古道去。从老枫树下进入沧桑斑驳的“茶米古道”，感觉到山谷出奇的清凉静谧，仿佛这窠谷里的鸟声、风声和水声都是千百年凝固下来的，尘世的喧嚣、内心的浮躁和世俗的得失顿然被清风吹散。古道清风！苔痕绿，草色青，花木深。山峦缓伏，曲径通幽。山光喜飞鸟，树影悦人心。

言敷其藻兮，梦里辞迈翰林耳。然醴泉酝酿，当推文旅西河。若你有空到西河去，感受那里小村风光凝固着的灵秀，欣赏漳溪平湖清且涟漪和溶金画岸以及那里的潺潺溪流涧水，你的心情定会飘逸着那里天边的一片片灿烂云彩，浮想联翩，惬意无比。

（二等奖　作者单位：大埔县教育局）

春风送我赤凤行

——革命老区潮安赤凤镇行记

陈伟滨

一提起革命老区赤凤镇，我就会想起扎根山区、服务老区教育事业的文谜师友蓝梓夫老师。我有过数回前往革命老区赤凤镇的行旅。而最初，那是十年前，2009 年的暑假，自己凭借青春和热情，独自开着助力车，从市区出发，沿着韩江东岸蜿蜒的公路寻游，到达赤凤，顺利地完成了《传播灯谜文化的热心人——记市灯谜协会理事蓝梓夫》文稿的采写任务，并在当年的 8 月 6 日发表于《潮州日报》文化版。

赤凤镇是革命圣地、革命老区。正是缘起于和蓝老师的这一份文情谜谊，我一直对赤凤镇多了一份感情和关注。

2018 年“五一”国际劳动节，当天恰是赤凤镇教育促进会第三届会员大会召开的大喜日子。这一次，我有幸跟随教育促进会创会会长张锦华先生等领导和嘉宾一行，从市区集中乘坐中巴出发，再来一次难忘的赤凤之旅。出发前我也知道，蓝梓夫老师他也是赤凤镇教育促进会的一名热心会员，我相信到会场一定能够遇到他。

革命老区赤凤镇地处潮安北部山区凤凰山脉，韩江自西北向东南流经境内，船运上通丰顺留隍、下达潮州城。中巴沿着韩江东岸的水泥公路缓缓前行，美丽的母亲河韩江在侧畔向南奔流，思绪潮涌……

还记得 2017 年元旦日，天气晴朗，春风送暖。潮州市抗衰老协会发起组织了“元旦日献爱心送温暖——走进赤凤”活动，五十几部小车组成的小车队搭载着200多名会员和热心人士一颗颗爱心从市区出发，浩浩荡荡到达赤凤镇政府，向山区贫困群众发放大米、食用油、棉被等一大批慰问物资。我在现场，感受颇深。爱心汇聚暖流，扶贫济困，让山区的贫困大众也感受到来自社会的大爱关怀。当天下午，抗衰老协会组织看望慰问赤凤镇的百岁老人，在赤凤长寿之村“白莲村”，村委党支部书记向大家介绍长寿村的情况，他说全村600多人，八十岁以上老人就有30几位，除这百岁老人外，还有三位老人分别是97、98、99岁，真是名副其实的长寿村。

我因为跟不上队伍，从白莲村委、党支部出来后，一个人就在出门就是山林的地带漫步。山风轻拂，在这山林之中，这一簇簇的荔枝树、龙眼树、黄皮树……承载着一代代赤凤老区人民的勤劳与汗水，耕耘与希望。走过树丛那边，有一处低矮的平房，从那里传来一阵阵“嗡嗡嗡”的声响。我放眼望去，一群蜜蜂正在四五个养蜂箱周围飞绕，一位头戴罩笠的养蜂人正低头弯腰在采割蜂蜜。我和养蜂人打招呼，待他抬起头来，这才注意到养蜂人是一位残疾人。我们攀谈了起来，养蜂人告诉我，他身体有残疾，但通过养蜂采蜜，自食其力，同样也收获了生活的甜蜜。他不无遗憾地告诉我，听说最近有单位招考残疾人，要不是自己文化教育程度低，他也想去试一试。赤凤白莲村残疾养蜂人自强自立的精神令我感动，老区的人们自力更生，他们更加渴望知识，盼望发展……

“赤凤中学到了，大家请下车”，随着张会长的一声招呼，思忆戛然而止。我们在赤凤中学操场停车，绕过行政教学楼后面，会场早已布置完毕。果然不出所料，我一眼就看见蓝梓夫老师正在签到席前忙碌着，他戴着眼镜，穿着朴素的白色衬衣，我从走廊高声招呼：“蓝老师！”老师抬抬头，向我招手示意。我走到蓝老师跟前，老师关切地问我：“伟滨，你还是自己开着助力车过来的吗?”我告诉老师这次我们是包了一辆中巴跟着张会长一起来参加活动的，蓝老师会心一笑，让我多走走多看看。

作为潮安北部山区镇，镇委、镇政府和赤凤乡贤热心教育、关心下一代。部分热心人士清醒的认识到，教育是社会发展的基石，是经济发展的助推器。只有强教育，才能强民众、富百姓。在办公会址，我观赏浏览了赤凤教育促进会公布栏、芳名榜、“崇仁厚德”及“同心同德、植木树人”的书法挂件。活动当天，赤凤中学学校围墙也张贴了促进会简介、宗旨、组织架构、历史回顾、历年接受捐款明细以及奖教、奖学、助学明细情况……革命老区赤凤镇的乡贤具有创新精神和先见意识，赤凤镇能够在全区率先正式成立“教育促进会”，实在是难能可贵。

我记得十年前来赤凤采访蓝梓夫老师的事迹的时候，蓝老师建议我有机会拜访采写蓝名昭校长，蓝老师动情地说：“我们做的这点事，只是尽心尽责而已，比之蓝名昭校长等前辈，那差距远远不止十万八千里呢。”而就在今天的大会上，正当接受促进会资助的贫困大学生代表感恩致辞的时候，我抬头欣喜地看到蓝名昭校长和蓝自守等前辈与领导嘉宾一起端坐在主席台上……革命斗争时代，无数革命先驱前赴后继，抛头颅、洒热血，换来和平，当家作主。如今，我们进入了新时代，老区赤凤镇的乡贤仁士正以身为榜样，为赤凤的发展不懈努力，继续奋斗。

春风送我赤凤行，一次次的到来，一次次收获感动。我深刻地体味到老区赤凤镇焕发着青春与活力，绿色环保、扶贫济困、教育民生、健康奉献，这些理念和实践都在赤凤进行着。一份份力量代代传递，播种美丽、分享大爱、收获幸福……革命老区赤凤镇绿水青山，在新时代的发展中绽放更加美丽的风姿！

（二等奖　作者单位：潮州市社会组织总会）

缝纫机的今昔

蔡楚芸

我家那台华南牌的缝纫机，伴我已有四十多年了，现时仍在发挥作用。有时，还听到“咔嚓咔嚓”的飞转声，家人不怎么看上这台缝纫机，但它的历史也曾显赫辉煌呢。

记得70年代初期，缝纫机、自行车、手表、收音机这“三转一响”，是抢手俏货，均得凭证购买。

70年代中期，单位轮流分配给我一张缝纫机购买证。我用省吃俭用的钱及向储全会借一些筹集后买了台华南牌落斗缝纫机。光滑的台板，灵活的机件，扳上机头，可以车衣；放下面板，则成课桌，孩子们可以在上面读书写字，面对这架缝纫机，我乐得心花怒放。

从此，我有空暇时便坐在缝纫机前，踏动脚板，带动飞轮，车针忽闪忽闪轧进布料，一寸寸的线珠扣得整整齐齐，露而不显，看来这台缝纫机的质量还不错。

俗话说，新三年、旧三年、缝缝补补又三年。这是穿衣上的传统节俭美德。要实现这“三个三年”的目标，缝纫机就得挑起这副重担。那时，每个人每年只有一丈三尺六寸布票，把穿补丁的衣服，看作是艰苦奋斗的光荣。我在假日或业余时间，就要为全家大小缝补衣服。到了年关，缝纫机的作用更大了，我把所存的布票买了棉布分别为小孩缝新衣服。那时，工厂常要加班加点，下班回到家里，虽很劳累，但还得坐上车台，缝至午夜。看到孩子们穿上新衣上街，一身的疲劳就烟消云散了。

进入80年代初，实行改革开放，特别是取消棉布定量供应之后，这台缝纫机，有时还轧轧地响，多为车新衣，少补旧衣了。到了80年代，孩子们陆续参加工作，有了收入，街上的时装店比比皆是。人们的穿着比过去讲究，孩子们大多是亲自去服装店挑选衣服的。时下的衣料质量又好，经久耐穿，街上又很少见穿打补丁衣服的。改革开放初期，见到港澳同胞或海外侨胞带回一大包旧衣服时，认为他们富有而慷慨，觉得款式时髦，穿起来很好看。现在大多数人已过上小康生活，旧衣旧裳，人们再也不稀罕了。

不单孩子们的衣服不用缝了，自己也眼花了，懒得动手了，只有在需要时才开动缝纫机改一改、缝一缝。久不上车台，就把原来缝衣补衣的时间，转向读书看报，写字作文，把学习引以为乐。虽然缝纫机利用率降低了，但是我对这台20世纪七八十年代女人必不可少的“三大件”之一的“传家宝”的兴趣从来没有减少，不管怎么说，它是一个“有功之臣”哩！

（二等奖　作者单位：广州地区老游击战士联谊会潮汕分会）

晒晒我在老区始兴的幸福生活

李炳强

始兴县位于广东省北部，韶关市东部，全县总面积2174平方公里，户籍人口25.37万。始兴置县于三国吴永安六年（公元263年）春，距今有1700多年的历史。古人曾以“此地兴旺，周而复始”而命名为始兴，自古著称为“古之福地”。自古以来，始兴是岭南交通要冲，为兵家必争之地，为广东省著名的革命老区之一，省民政厅1997年10月出版的《广东省革命老区村庄名册》认定始兴县共有893条老区村庄，其中二战时期61条，抗战时期447条，解放战争时期385条。全县辖9镇1乡，113个行政村。其中有92个是老区行政村，老区人口占全县农村总人口的70%。在烽火连三月的特殊时期，老区始兴为新中国成立这一伟业作出了积极的贡献。

远眺丹凤山，青翠绵延不绝；驻足墨江河，清流潺潺奔向远方。虽然这方水土被时间长河不断地冲刷，但这里拥有的红色却从未被遗忘。这抹红色，是大义大勇、大仁大爱的风范，是爱党爱军、无私奉献的情怀。70年前，这抹红色孕育在丹山墨水的土壤之中，体现在每一个老区人民的身上。70年后，它又引领千万始兴人民艰苦创业、开拓奋进，革命老区奏响了新时代的发展乐章，人民安居乐业，生活富裕安康，让我这个“异乡人”亦亲身体会到奋发前进的动力和满满的幸福感。

我是一个糟老头子，今年六十有八，白吃白喝国家整整八年了，刚好是我在始兴定居的时间，我成了一名副其实的

"老始兴"了！我原先生活、工作在珠三角某个大城市，退休那年我和老婆子两人就决定在始兴定居作为养老之地。刚开始，我的子女都反对，在他们的眼里，始兴是一个偏僻落后的山区小城，生活起来会有诸多不方便。我们决心强硬，在始兴购房定居下来。这么多年过去了，现在子女们不但不反对了，还称赞我俩有眼光，经常跑上来度假休闲，住着不愿走，我知道他们也深深喜欢上了这座宁静的小城，完全放心我们在这里安度晚年。

现在的人都喜欢晒自己，表达自己的"幸福感"，今天，老夫我也来晒一晒在老区始兴的幸福生活吧。

始兴是一座历史文化名城，被联合国地名组命名为"中国地名文化遗产——千年古县"。千年的时间长河，为始兴积淀了浓郁的客家文化底蕴，舞狮、龟蚌舞、舞亚妹、舞火龙、划龙舟、民间民俗等特色文化，同时养育了盛唐名相张九龄、明朝户部尚书谭大初、抗日名将张发奎和世界级数学家朱熹平等。始兴是生态古邑、恐龙之乡、温泉之乡、围楼之乡。我很自豪生活在这块宝地上，天天熏陶在浓郁文化氛围之中。我精神愉悦，退休生活过得忙碌而充实。我喜欢文体活动，尤其是唱歌、踢毽子、打羽毛球等。老年人嘛，就该心情快乐，多锻炼身体。在始兴，我能找到许多玩乐子的地方，比如到县城中心广场——九龄文化广场看表演，到体育广场踢毽子，到丹凤山爬山，到九龄公园去打牌……九龄文化广场开设了"群众大舞台"，几乎每周都有文艺演出，满足了群众的精神需求。私下里我们还组建了一帮"资深"的吼歌发烧友。说"资深"是因为都是退休的老哥老姐们，我们经常组织活动，丹凤山、九龄文化广场、体育广场、九龄公园等地方留下了我们嘹亮的歌声。每当夜晚华灯初上，县城一个个角落陆续响起了节奏感强烈的音乐，爱运动的市民们跳起了广场舞，自娱自乐，强健身体。我喜欢看他们跳，不喜欢“献丑”，我的老婆子却是个广场舞的铁杆粉丝。她不仅跳，还自己当队长拉起了一个40多人的队伍，只要不是下雨天或者有事走不开，她铁定会拉着音箱如期出现在九龄文化广场上，不跳个天昏地暗不回来。她说，以前的城市少有那么宽敞的地方，跳得不尽兴，现在好了，想怎么跳就怎么跳。

始兴是客家人聚居的地方，民风淳朴，热情好客。假如你到街头问路，当地人保证会很热情地为你指路，让你感到心里暖洋洋的。始兴是个充满爱心的地方，涌现了许多“雷锋”和志愿者，有官方的也有民间的，他们亮丽的身影活跃在各个社区，在你最需要帮助的时候送上热情的微笑。就在去年夏天的时候，我在微信群看到一个这样的信息，家住隘子满堂的一位花甲老人见到小孩溺水，毫不犹豫下水救人，挽救了一条鲜嫩的生命。无独有偶，隔不久，县城又发生一公职人员冒险跳墨江救人的好事。为这些好人好事点赞！“远亲不如近邻，有什么需要帮忙的就尽量跟我们讲。”这是住在我家对门的邻居经常跟我们说的话，让我这个外乡人一下子就找到了家乡的感觉。这是一个幸福的五口之家，年轻的夫妇都是学校教师，爱岗敬业，孩子在幼儿园上学，活泼可爱，爷爷和奶奶均是退休干部。他们一家人心地善良，对邻里友善，爱护公共财物。我们两家人和睦相处，从没红过脸。有一次，我被反锁在家门外，老婆子刚好在外面旅游，一时半会回不来，邻居知道我的窘况后马上热情邀请我到他家去，中午还备了午饭，盛情招待我。每次想起这次“遭遇”就让我感动不已。在这样一个人情味浓郁的城市生活，心是安稳的，情是舒畅的。

始兴县城是越来越漂亮了。尤其是2017年成功创建为“广东省县级文明城市”之后，大都市的风味更浓郁了。你看，大街小巷干净整洁，路旁的花草树木绿意盎然，新颖大气的公交站配备了现代化灯光广告栏，一个个指示牌说着温馨的话语……现在的始兴县城一点都不逊色于我原先居住的城市了。相反，我更青睐于始兴这座小家碧玉型的山水之城。始兴城依河而建，一江两岸，竞相发展，框架规模越来越大。穿城而过的墨江是始兴的母亲河，为这座“中国最美小城”增添了不少的灵气，一河两岸成了市民们休闲散步的最佳场所。尤其是到了晚上，两岸楼宇的装饰灯光同时打开，这里马上成了一个如梦如幻的光影世界，引得行人不禁驻足观看，纷纷拍照留影。当我将墨江河夜景图放到朋友圈上时，老友们纷纷点赞，询问我是在哪里拍摄的？当我说这就是我如今生活的城市里啊，他们个个不信，都说要上来亲身体验一下，并与我约好了时间。

我知道这些老友们个个精得很，他们不可能单单奔着看夜景长途跋涉跑来始兴的，他们都盯着始兴的美食呢！哎，谁叫我总是与老友们分享始兴美食图，引诱得他们个个垂涎三尺呢？老友们，都上来吧，保证让你们吃个“心福口福”。说起始兴县的美食，真是能说上一整天。因为，这里的美食确实太多了。“清化粉”是当地一道黄金招牌美食，历史悠久，相传是唐朝名相张九龄的母亲为夜读考取功名的他增加营养而发明，所以它又叫“宰相粉”。清化粉纯手工制作，粉幼细长，可煮、可炒、可炸，且“炒而不烂，煮而不糊”。若配上不同的汤料或其他佐料，入口柔韧，软滑清爽，口齿留香、回味无穷，是米粉中之极品。2010 年经国家质检总局审定，获得“国家地理标志产品保护”资格。来始兴的游客可以什么东西都不买，但是没有几个不带“清化粉”回去的。不得不说说“莙荙包”，听说这道美食是专门招呼重要客人的，“莙荙”（君达）“莙荙”（君达），君子来了，当然要给他（她）接风洗尘了。这道菜的做法比较复杂，它是用莙荙菜叶子将剁好的馅料（腊肉、糯米、虾米、香菇、芋头等）包裹起来，然后蒸熟或煮熟。始兴的朋友告诉我，以前，只有在每年的元宵节才能吃上“砻迭包”这道美食，现在饭店里就可以经常吃到。当地有一种小吃叫“花生饼”，它是用山稻米磨成的米浆点上花生米一齐放到油锅里炸熟，色泽金黄，吃起来又香又脆，口齿留香。另一种小吃与它的做法相似，就是“酸菜糍”，不过它是用炒熟的酸菜代替花生米，然后用油炸，它开胃爽口，别有一番风味。始兴人勤劳聪慧，发明的特色美食还有许多，比如清化酿豆腐、马市豆腐、碧肉（红烧肉）、豆腐圆、麻糍等等。种种令人垂涎欲滴，回味无穷。

始兴不仅特色美食声名远播，始兴水果也远近闻名。始兴土地资源丰富，气候温和，土质肥沃，耕种性广。说它是个“福地”，一点也不夸张。始兴一年四季瓜果不断，是吃货们的“天堂”。你看哪，春天刚吃完黄澄澄、酸甜可口的枇杷，紧接着夏季的杨梅、西瓜、葡萄等水果相继上市，把“吃货们”的味蕾熨帖得舒舒服服。秋天是个收获的季节，柑桔、沙田柚等水果披着金黄的外衣匆匆赶来报到。寂寥的冬天万物萧瑟，可是始兴却有一种水果凌寒上场，它们就是深藏在泥土里的马蹄！拿一个，剥开黑色的果皮，露出雪白的果肉，咬一口，爽脆香甜，直呼过瘾。始兴还被评为“中国枇杷之乡”和“中国杨梅之乡”。

始兴出产的水果品相好看，果质优良，全依赖于当地的水土优良，生态环境清幽。始兴地处南岭山脉南麓，森林覆盖率达77.3%（位居全省前列），生态环境优美，气候环境舒适，青山翠绿，碧水长流，是全国森林资源、林政管理示范点和国家林业综合发展示范县。近年来，始兴凭借独特的生态优势，获奖无数：2006年被命名为“国家级生态示范区”，成为广东省首个获此荣誉的山区县；2010年，荣获“中国绿色名县”

称号；2012 年，荣获“中国魅力文化生态旅游目的地”；2017 年，又增添一枚“全国森林旅游示范县”国字招牌。最值得一说的是，始兴境内有两颗巨大的绿色“明珠”，一颗是“世界生物圈保护区”——车八岭国家级自然保护区。它具有“物种宝库，岭南明珠”的美誉，另一颗是森林生态系统类型保护区——广东始兴南山省级自然保护区。它们像两个巨大的空气过滤器，源源不断地将清新的空气输送到始兴大地之上。因此，始兴的天是蓝的，云是白的，水是清的，我们每天呼吸的空气都是清新的，不像一些大城市的天空每天都是灰蒙蒙的，空气中有股难闻的异味。

随着经济社会的高速发展，我们发现，现代社会愈来愈缺的不是经济能源，而是环保资源。始兴拥有得天独厚的环保潜质，自然吸引了不少游客前来休闲度假，体验天然氧吧的乐趣。其实，始兴的旅游资源丰富多样，到处可圈可点，隘子满堂客家大围、罗坝长围、东湖坪民俗文化村、马市南岭红沙漠、沈所铜钟寨、汉代城堡、秦汉烽火台、生态瑶乡深渡水以及大量的高热温泉和青山绿水、清泉叠瀑等等，都值得大家去亲身体验。给我震撼最大的数当地的围楼了，始兴是“中国围楼之乡”，有“有村必有围，无围不成村”之说。据说最鼎盛时期，全县有 500 多座围楼，如今保持完好的也有 200 多座。其中隘子满堂客家大围是始兴围楼的“巨无霸”，它占地总面积 13500 多平方米，有 12 个院、9 个厅、6 个天井，777 间居室，气势磅礴，被誉为“岭南第一大围”、“粤北第一民宅”。1996 年，经国务院批准纳入国家重点文物保护单位。2010 年，始兴县荣获“中国优秀生态旅游县”称号；2014 年，又被评为“中国最具魅力自驾游目的地”。

以前，始兴一直让人侧目而视，为什么？因为它经济欠发达，为什么那么落后？因为交通不便。如今，始兴却让世人另眼相看，为什么？因为它是客商眼中的香饽饽，为什么它如此受人青睐？路通则财通。近年来，始兴交通运输进一步发展，境内赣韶铁路、韶赣高速公路、国道323线贯穿全境，武深高速公路始兴段今年通车，省道244线贤丰至周所、343县贤丰至县城段改建工程已接近收尾，交通区位优势日益明显。始兴不再是一个偏居一隅毫无出路的山区穷县，它已成为粤北地区交通枢纽的重要交通节点，是一方不可多得的投资热土……

其实老区始兴的美好还有很多很多。请原谅我的拙笔，然而我内心却清楚，即使是千言万语，也无法将我对它深深的爱恋全部表达出来。最后，我只想说：我在始兴生活挺幸福的，欢迎朋友们前来体验。

（三等奖　作者单位：始兴县作家协会）

井下交通气象新

华　崛

去年10月中旬，我在一个微信好友（同村人）的朋友圈上，看到一张他拍摄的、我们隘子镇井下村的相片，他是站在山上拍的，摄入范围差不多有半个村子大，几乎囊括了井下村的一组、二组和三组的人家。我最感兴趣的当然不是谁家建了新房子，而是那条新开的二车道沿河公路。据拍摄者说，图片所见的这条公路，属于“九龄故里百里画廊”生态旅游度假线路隘子镇至张九龄故居的延伸部分。井下村的部分起始于井下温泉路口，在那里建了一座新桥。

在井下村的土地上，又出现了新的公路，这是一件值得井下村民高兴的事。欣喜之余，一首七绝油然而生：

闻井下新路即将竣工

黄毯铺陈律水滨，沿河美景更殷勤。
云腾波涌齐欢颂，覆地翻天气象新。

1962年以前，井下村是没有公路的。那时候只有石街路，一米宽左右，也就是只有两个成人并排走的空间。这条村道，由温泉路口进入，约二十米后有一座石拱桥，过桥后一路向西，途经沙坝围、华氏宗祠、井下礼堂、华岳高故居、华振中故居……石街路至今还在，比较完整的一段在华氏宗祠的前面，隔着一口池塘。大概是八十年代吧，曾见过一个穿高跟鞋的时髦女郎，应该是鞋跟太小太尖吧，她的其中一只鞋的鞋跟深陷于石头缝里，根本就挪不开步。脱了鞋去拔，竟然把鞋跟弄掉了，让人忍俊不禁……

由于路途遥远，而且道路窄小，小得完全可以用羊肠小道来形容。在1962年以前，许多清化地区（司前镇和隘子镇的旧称）的群众，一辈子都没有到过始兴县城，也没有去过与始兴县城路程差不多的韶关。由于道路闭塞，导致清化地区的群众总是挣扎在贫困线上。他们有力无处使，因为路不通，财不进。那时候清化地区有众多木材，由于陆路难行，木行老板只能冒险选择水路。

井下村原先的公路，属于清化公路的一部分。清化公路是横穿粤北东部山区始兴大地上的省道S244（旧称1912线，后改称南始线）、县道S344线（县城至司前、隘子路段）的前身。温家胜先生在《建设清化公路》一文中，讲述了清化公路修建的历史："时值举国提出"民需民建、民办公助、民工建勤"的建设方针。20世纪50年代后期，始兴人民坚持"国家补助、群众投劳"的原则大搞公路建设。经1956年始兴县人代会通过，决定建设清化公路——横岭至司前段。1957年底，部分人民公社民工进驻工地，开始移山搬土，平整土地建设路基。1958年2月，县交通科勘测指挥员，建筑队工人，人民公社民工全面进驻清化公路建筑工地，一场数万人的筑路苦战正式拉开序幕。1958年12月底的一天，第一辆解放牌汽车开进了司前，标志着横岭至司前段30.4公里简易公路建成通车。1959年底，司前至隘子段15公里的公路开工，于1962年6月建成通车。"

这种沙土公路，令我记忆深刻。晴天有汽车驶过，或有大风刮过时，黄尘漫天，村人只有掩住口鼻，强忍怨气。大眼沙多，也是此公路的特色。走路倒无所谓，但骑自行车可就得小心了。有时候自行车的车轮会在沙子上打滑，让骑车人失去平衡而摔跤。我在隘子中学附小读五年级时，三哥在隘子中学读初一。有一个星期天，三哥用自行车带着我，我背着一个背包，里面装着一袋米和一、两罐酸菜。装酸菜用的是玻璃制的罐头瓶子。三哥驶至合口水桥头时，因为这个地方是转弯处，可能三哥转得急了，或者车轮子在沙子上打滑了，总之是，我们摔倒了。最倒霉的是，我背包里的酸菜罐头摔破了，玻璃割破了我的下嘴唇，顿时鲜血直流，至今还看得见伤疤。而在下雨天，公路就变得坑坑洼洼的，到处是积水。

由于是村道，公路根本就没有人进行填平、养护。这种情况一直持续到20世纪90年代末，村民们终于迎来了公路水泥硬底化工程。硬底化之后，人们出行比过去方便了许多。过去，人们一般逢3、6、9日才会去隘子墟赴街，现在呢？想去就去，天天都是街日啊！

在写作本文时，为了核实井下公路水泥硬底化的时间，我特意询问了常年在家乡的村人。他告诉我，今年又增加了沿河的一条道路。俗话说，路通财通。期待井下村的经济建设和生态文明建设能够更上一层楼。

（三等奖　作者单位：韶关市作家协会）

百年铁路梦　老区幸福花

曾　诚

2014 年 9 月 30 日，办公室同事小陈在网上抢了一张南雄到韶关的火车票。他说："家乡南雄第一次开通火车，我在网上抢了第一趟列车的票，虽然不去坐，但我会好好收藏这张火车票，因为它很有意义、很有价值！"那一刻，小陈的话引起了我的共鸣。是呀，我的家乡——著名的革命老区、原中央苏区县南雄市终于建成了铁路，开通了列车，家门口终于有了火车站，我们再也不用跑 100 多公里去韶关坐火车啦！

从 1978 年到 2018 年，从计划经济时代到改革开放时代，40 年间，南雄，我的粤北家乡——这个广东省著名的革命老区、原中央苏区县，就增添了不少标志性的建筑物，成为这座粤北门户城市一个新的地理坐标。其中之一，就是赣韶铁路过境南雄，建成了南雄火车站。老区人民等了 100 年、盼了 100 年的铁路梦，在中华人民共和国成立 65 周年即 2014 年的国庆节前夕，圆啦，终于圆啦！

仍然清楚地记得，2014 年 9 月 30 日，这一天，在我的家乡南雄，在这个地处粤北山区的革命老区，在这个韶关唯一的中央苏区县，期盼已久的赣韶铁路终于建成通车。没有举行盛大的竣工通车仪式，但得知讯息的老区人民蜂拥而至，在偌大的南雄火车站广场，或观看、或游览、或等待，更多的人抑制不住内心的激动与兴奋纷纷购票，成为在老区南雄火车站乘坐第一趟列车的第一批乘客。有的老区群众甚至是人生头一回坐上火车，体验着一条钢铁巨龙在革命老区浈凌大地上风驰电掣般的感受。

老区南雄修建铁路，走过了一条“漫漫其修远兮”的坎坷之路。早在一百多年前的1911年，民主革命先驱孙中山先生就在他的《建国方略》中，对在粤北与赣南间修建一条铁路即赣韶铁路有了初步规划和设想。至新中国成立前夕，国家又先后有4次赣韶线的修建考察，却因战乱与国力衰微而始终没有动工。1958年8月，赣韶线修建工作重新摆上议事日程，但由于种种原因仍然搁浅。改革开放后，随着经济社会的快速发展，修建赣韶线的呼声日盛。2006年，在原铁道部、广东省和江西省的共同努力下，赣韶铁路终于开始规划设计，相关工作全面提速；是年7月底，完成赣韶铁路项目初测工作；2007年9月，编制完成了《赣韶铁路可行性研究报告》。此后，赣韶铁路环境评估等工作相继通过审查。2009年3月18日，国家发改委通过了《赣韶铁路工程可行性研究报告》。至此，新建赣韶铁路一切前期工作准备就绪。同年的3月21日，赣韶铁路开工动员大会在革命老区南雄隆重举行，吹响了赣韶铁路正式开工的号角。老区南雄作为赣韶铁路开工动员大会的主会场，是日上午，我有幸参加了开工动员大会，见证了那激动人心的时刻。

仍然清楚地记得，那一天，粤北大地春暖花开。那一日，老区南雄春和日丽。时任中共中央政治局委员、广东省委书记汪洋（现任中共中央政治局常委、全国政协主席）大声宣布：“赣州至韶关、茂名至湛江的铁路开工了！”霎时，我看到了整个主会场周围，数千个彩球纷飞，飘向春天高处，我看到了与我一起作为老区干部职工代表参加动工仪式的老区群众的灿烂笑脸，听到了他们溢于言表的激动话语。这一刻，整个主会场上欢声雷动、锣鼓喧天——几代人的铁路夙愿将如愿以偿，赣韶铁路的百年梦想将圆就，这是一个多么激动人心的时刻啊！

一百多年前，孙中山先生构想的赣韶铁路，在经历30多年改革开放后，终于得以付诸实施。经过铁路建设工人5年来的艰苦奋战，这条钢铁巨龙终于穿行于粤北与赣南的山水之间，飞驰于革命老区的阡陌之野，轰响在家乡南雄的家门口前，这是何等的大事与喜事、幸事与盛事！

把家与家外的地方连接起来的是路，把老区与外面的世界连通起来的也是路。在历史发展的岁月长河中，我们就是通过一条条路走出群山环抱的山乡，走向繁荣繁华的世界。而随着视野的开阔，我们看世界的眼界也高了、远了、阔了。但是，我们很快就发现，出门的路还不够通畅，出行的速度还不够快捷。改革开放40年来，尤其是在党的十八大以后，在实现中华民族伟大复兴中国梦的强劲东风激荡下，经济社会得以稳步快速发展，脚下的路也在不断地延伸、拓展和提速。终于，赣韶铁路在老区南雄的大地上修起来了，火车站在家门口建起来了，一列列火车呼啸着开过来了。那一刻，老区人民盼望了一百多年的铁路梦，圆啦！终于圆啦！

赣韶铁路喜建成，百年梦想得传承。山欢水笑人歌唱，从此老区更飞腾！今天的革命老区、原中央苏区县——南雄市，赣韶铁路、韶赣高速公路相继建成。国道、省道穿境而过，县道、乡道四通八达，“村村通”公路不断拓展延伸实现全覆盖，完善的交通网络让老区不断实现一个又一个目标，圆就一个又一个梦想。当铁轨铺向远方，梦想变成现实，拉近了老区南雄与外面世界的距离，而与时代拥抱、与世界融合的千年雄州——老区南雄，也变得越来越美丽、越来越精彩！

百年铁路梦圆，老区幸福花开。今日的老区南雄，已经站在了更高更快的起点上，奋进新时代，开启新征程。48万南雄老区人民，意气风发，戮力同心，向着“两个一百年”的奋斗目标，豪情满怀干事创业，撸起袖子开创未来！

（三等奖　作者单位：南雄市委宣传部）

亲历老促会的“三大战役”

李文忠

退休后，经同事推荐，我到惠州市老促会上班。

2003年9月上班的第一天，市老促会罗志群会长热情地说：“欢迎欢迎，这里正缺人手，过两天，‘三大战役’就要打响了！”

“三大战役？老促会还管打仗？”我心中疑虑，但又不便多问。

“是三大战役。”罗会长似乎看出了我心中的疑虑，解释说：革命老区当前存在“读书难、行路难、看病难”的问题。要解决这“三难”就要进行‘三大战役’。这是一场没有硝烟、没有枪炮声的战役。罗会长参加过解放战争，所以对战场上的情况十分熟悉。

罗志群会长进一步解释说，这“三大战役”是省老促会林若会长在向省委领导汇报工作时提出来的。省委、省政府同意拨出专款，对老区的破危小学进行改造。以缓解我省老区学生“读书难”问题。前段时间，市、县老促会根据省老促会提出的标准和要求，上报了全市需要改造的学校名单，过几天，省老促会调查组就要分赴全省各市，对上报的学校进行核实。“第一战役就要正式开始了”。

调查组抵惠后，经协商，第一站就选在博罗横河镇河肚村。

车子刚进村，博罗县老促会叶文芳会长带领一班人正在村子等候。叶文芳会长是个年近七旬、精神矍铄的女同志，熟悉她的人都热情地称她“叶大姐。”而村子里的人，不论男男女女、老老少少，都叫她“老站长！”事后一打听，原来1948年解放战争时期，粤赣湘边纵队就在河肚村设了一个交通站，专给游击队送情报，及护送游击队员过境，叶文芳就是交通站站长。难怪她对这里的男女老少、地形地貌如此熟悉！

走着走着，来到村子的中央，眼前是四五间年久失修的破旧平房。墙皮脱落，房顶有的已经塌陷，课室的地面凹凸不平……这就是全村最好的一所小学！也许，这就是叶文芳会长一再要求调研组第一个点就到河肚村的理由。

接着，调研组又来到位于罗浮山下的福田镇荔枝墩小学。校舍虽然只有两三间，但窗明几净；桌椅虽然不多，但整齐划一。调研组有几分“诧异”，这样的学校还需要改造？学校的王校长告诉我们：原来小学被定为危房，随时都有倒塌的危险，只好借村委会办公室来上课。这一借就整整三年了，真可谓成了“刘备借荆州”了。校长的话，显得有几分无奈。

几天来，调查组连续调研了全市14间老区破危小学。毫无疑问，这14间学校全部纳入第一批改造范围，余下的，只有等到下一批了。

省老促会会长林若无不感慨地说：“从某种意义上说，这是还债呀！”

有人问叶文芳，这几天那么忙，锻炼身体的事情，又要放一放了。叶文芳则说：“这可放不得，我要锻炼好身体，争取多活几年，等打完这‘三大战役’，看着老区群众早日缓解‘三大难’。”

这就是老游击队战士们共有的老区情结！

在进行“第一战役”的过程中，各部门全力协助，大力支持。财政、税务、国土、城建、质检、设计等部门的负责人表态，只要政策允许，让老区的学子们早日到新校舍上课，我们保证开绿灯。

从2002年到2005年，全市改造破危小学256间，新建校舍13.4万平方米，共投资1.04亿元，其中省财政拨款4260万元，东莞市政府支持900万元，市、县（区）财政安排资金和发动群众捐资5300万元。

三年下来，横河镇的黄镇长说："我们镇最漂亮的建筑物就是学校了。"

当老区破危小学改造工作的"第一战役"方兴未艾，解决老区"行路难"的"第二次战役"冲锋号吹响了。

之前，老区的村民调侃说：我们村没有"水泥路，"只有"泥水路"。走在路上，晴天一身泥，雨天一身水。因此，破解老区"行路难"的切入点，行政村通镇道路硬底化，是个关键。

2005年初，为加快老区村道建设，惠州市委、市政府决定，全市老区行政村道路硬底化改造每公里由市财政补贴10万元。经省老促会的积极争取，2006年夏天，省委、省政府下发文件，全省老区和经济欠发达地区的村道硬底化改造再由每公里补贴由10万元增加到15万元。基本上解决了老区村道改造资金不足难题。

在老区中流传这样一首顺口溜：唐修塔，宋修庙，共产党带领我们修大道。

要想富，先修路。惠州市的革命老区，掀起了空前的修路热潮。交通运输部门按照时任中共中央政治局委员、广东省委书记张德江"优先安排"的指示，对条件成熟，可以动土施工的村庄，则抓紧时间进行审批，争取早日动工；对已经动工的村委会，则要求施工单位集中力量，全力以赴，严格按照质量要求，依时完成施工任务。

在“第二战役”过程中，老促会的主要工作，是联合有关部门，做好质量监督、财务监督等方面工作。

到2005年5月，全市投入资金达8亿多元，实现老区行政村公路硬底化改造共2222.7公里。接下来，老区行政村又积极推进自然村道硬底化改造。

“第三战役”自然是解决老区群众“看病难”的问题了。

2005年上半年，市老促会先后到龙门平陵、永汉、惠城区的沥林，博罗的柏塘、长宁、响水等镇卫生院调研，并向省老促会写了调查报告。省老促会根据各市的报告，向省委、省政府提交《关于尽快解决老区卫生院建设问题的报告》，得到省委、省政府的重视和支持。时任中共中央政治局委员、广东省委书记汪洋指示，对老促会所反映的问题，“省委、省政府应该下决心解决好。”

经省老促会、省卫生厅、省财政厅多次协商、沟通，进一步达成共识，对全省811所老区镇卫生院，加大到每所不少于150万的改造投入，并确保于2011年底前完成。到2010年底，省、市财政共投入31.38亿元，为解决老区群众“看病难”打下了坚实的基础。

今天，林若、罗志群、叶文芳，这些曾经和我们一起参加“三大战役”的老战士、老游击队员中永远都相继离开了我们。但是，他们不辞劳苦、一心一意为老区群众服务的高风亮节，却永远激励我们！

（三等奖　作者单位：惠州市老促会）

番薯的命运

石　磊

以前，海丰是一个出了名的“番薯县”。我出生于大饥荒的年代，我的童年也是在贫穷、饥饿中度过的。最叫我难以忘怀的，就是那一日三顿的番薯饭。当时，为了填饱肚子，生产队都是种高产的番薯，但这种高产的番薯，却特别难吃。番薯难吃，若是有咸鱼之类的菜，也能把这难吃的番薯送下肚去。可哪有什么咸鱼，一年到头也见不了几回鱼，而是用那腥味特浓的番薯叶（或菜豆叶）充菜。为了容易下咽，母亲把煮熟的番薯全部捣烂。当时，村里人把这捣番薯，美称为“捶胸脯”。白米饭，只有在大年大节时才能吃上一两顿，或家里来了客人，才能巴望上一顿难得的白米饭。

我记得很清楚，有一次，我生病了，实在吃不下那坚硬的番薯，母亲跟人家借了一点米，给我煮了一碗白米饭。于是，我明白了，病了才有白米饭可吃，有时，为了能吃上一顿白米饭，多么希望再病一次啊！

有一次，我曾这样不解地问过父亲，队里干嘛老种番薯，而不种谷子呢？父亲回答我说，种谷子大家都会饿死。我又问父亲说，那我们什么时候，才不吃番薯，天天吃白米饭？父亲想了想回答我说，等到太阳从西边出来，我们就天天吃白米饭。

太阳并没有从西边出，是十一届三中全会的春风，吹遍了祖国的大江南北。农业、工业、文化、经济等迅速发展，人民的生活水平发生了巨大的变化。从此，我们天天吃上了日思夜想的白米饭，番薯不再走进我们的饭碗！我原以为，番薯一去不再复返了。想不到近年来，那令人生畏的番薯，又重新回到我们的饭碗。这番薯、番薯叶菜竟然出现在星级宾馆！番薯叶菜十分受青睐，成了一道佳肴。

番薯、番薯叶被人遗忘了好长的一段时间，而今，摇身一变，就走进了星级宾馆，这不得不令人思索。究竟是什么原因，过去吃多了难以下咽的番薯、番薯叶，有如今的地位？以前，有句俗语：会算不会除，粜米买番薯。这句俗语，无疑是在骂一个傻瓜。“今年番薯不比旧年芋”，当今的番薯，可并不比白米便宜，这句俗语，在今天已经说不通了。

番薯从被人淘汰，到今天又如此吃香，番薯的命运，说明了什么？不就是我们的生活发生了质的飞跃么？

细想之，如今，番薯、番薯叶重新回到我们的饭桌上，也就不足为奇了。我们吃腻了鱼肉，吃腻了白米饭。也就想寻找一些爽口，容易帮助消化的食物。

因为生活好了，番薯被人一脚踢掉，这是一次飞跃；又是因为生活再度升华，番薯又重新回到饭碗，这是第二次飞跃。从番薯的命运中，我们可以看到，改革开放四十年，城乡的生活，发生了质的变化。

但愿番薯的命运，在第三次，第四次……甚至有更多次的飞跃。番薯的每一次飞跃，都是我们美好生活的一个见证！

（三等奖　作者单位：海丰县作家协会）

螺河晨昏

叶勤海

楼宇还在沉睡，风儿已经醒来。自行车链条带动车轮发出清脆的“滋滋”声，把清晨的薄雾剪开一个窄窄的小口。我融进这片辽阔的乳白，过朝阳路，拐人民路，转泰安桥，就像一只苏醒的鸟儿，扑棱着翅膀，飞向螺河岸。

路上陆续有了早起的人。清洁工人头顶一抹亮丽的橙光，在刷刷地打扫卫生；骑着摩托的鱼贩子，满载着鲜活的鱼，送进还未苏醒的市场；一群群老人在路上散步，东家的老头、西家的媳妇、南家的狗崽、北家的娃娃，都在他们的谈笑中闪亮登场。

烟雾缭绕的山峦、横跨螺河两岸的泰安桥、高低不一的楼宇与精雕细刻的白石栏杆，以地平线为对称轴，倒映在平静的河水里，构成稳重和谐的一幅幅美图。螺河湾一带，河水平静清澈，仿佛是陆河城水灵灵的眼。两岸轻轻拂动的柳条，就是俏皮的睫毛。它刚从薄雾中微微颤动，小小山城便苏醒了。

车轮在转，心也在转。眼睛贪婪地摄录着周围的美景，身后长发飞舞，那份清爽直透心脾。道旁树吸足了露水，叶子显得饱满厚重，一丛丛嫩叶争先恐后地冒出来，似乎迫不及待地吸吮清晨的第一缕霞光。

螺河两岸活跃着晨起锻炼的人们。岳溪广场乐声悠扬，衣着整齐的太极拳爱好者正凝神运气行拳，似乎周围一切都与他们无关。

散步的人三三两两，错落在河堤之上。可以步履匆匆，也可以闲庭信步，这是一种最为舒适的自由。偶见跑步的男女擦肩而过，不施粉黛，只见蓬勃的青春与活力在粉红的脸颊绽放。早起上学的孩子把梦想装进书包，把单车踩得飞快，让人心生爱怜。

我行走的轨迹，或是笔直的公路，或是跳跃的台阶，或是曲折的回廊。在同样的时间同样的地点，经常可以与同样的人相遇，见面的瞬间点头微笑，或者结伴同行一段，都是温煦的时光。

早晨的太阳就像一个调皮的孩子，在云层里忸怩一阵，便在你猝不及防的时候蹦出，世界顿时清爽亮堂起来。河水波纹显现，小贩的叫卖也在阳光下穿梭回荡。卖早点的人们，陆续撑起遮阳伞，摆出热气腾腾的馒头包子，蒸上嫩滑爽口的肠粉，卷起皮薄馅靓的粄卷，搅拌着豆香弥漫的豆浆，渐渐苏醒的小小山城，便充满了五谷杂粮的味道，迎来新一天的朝阳。

当夜幕降临，华灯初上。人们吃过晚饭，开始走出家门，享受闲适的时光。

古老的螺河，流经山山坳坳，越过沟沟坎坎，跌宕起伏，百转千回，在河田境内舒展开来，她宛如一条长长的项链，镶嵌在陆河的衣襟。而浓缩着陆河山水精华的泰安桥一带，就好比一个精致的吊坠，装点着古朴的山乡。陆河人对母亲河的依恋，随着夜色的铺开，表达得淋漓尽致。

雄伟的泰安桥横跨螺河两岸，就像一个长长的破折号，给了山乡之夜最好的注释。这里视野开阔，空气清新，是最好的观景台。走在桥上，你可以看到各种形态的人：有泰然散步的老人，有亲密相依的情侣，有乐享天伦的父子母女，有志同道合的朋友，还有结伴同行的少男少女。在这里，人们卸下一身的疲惫，与心灵亲密对话，与自然水乳交融。

灯火通明的泰安桥，仿佛一支正在演奏的曲谱。一道道栏杆，好比一条条活泼的小节线，分割出一个个不同的乐句。侧耳倾听，各种声音交汇在一起，杂而不乱，每个人都是这夜晚的乐师，自然地演绎着自己的章节，又合奏出一曲和谐的交响。

如果说螺河东岸的幽静适合心灵的独舞，那么西岸的岳溪广场就适合民众的狂欢了。这是一个天然的舞台，连绵的青山，是天然的帷幕，空中不时飘着风筝和气球，星光与路灯倒映在河水中，熠熠生辉，使这个舞台流光溢彩。太极、健身操、老年迪斯科、国标、棋牌、民乐、卡拉OK……纷纷在这里闪亮登场，你可以感受到个性的无限张扬。

我喜欢沿着河堤信步，或斜倚栏杆，放眼螺河宽阔的河床，听各种各样的虫儿肆意吟唱。我喜欢看或轻或重或缓或急的脚步走过，默读步履背后精彩或平凡的故事。每天都是一页书，当忙碌的一天刷刷翻过，这美丽的夜晚，足以给它一个精彩的注脚。

螺河只是地图上不起眼的一隅，却涂满了平安的色彩。阅读螺河的晨昏，如同阅读一本亲切的书，可以阅读出背后无数感人的故事。一个个为创建平安县城出谋献策的公仆、烈日和风雨中值班的公安干警、凌晨就在工作的城市美容师，以及所有为平安家园默默奉献的人们，都是感人而闪亮的字符。

（三等奖　作者单位：汕尾市作家协会）

送不出去的慰问品

谢士艾

春节前，张副县长来到山岔村。时隔三年，他要看看这里有了什么变化，了解当下百姓的生产生活情况。全县10个贫困村中，山岔村最为典型。偏僻、交通不便，缺技术、缺资金、缺劳力、因病因残的现象是摆在眼前的现实。但对张副县长来说，触动最大的却是隐形的，它像一把锋利的刀，在心头狠狠地划了一下。那年他还是局长，三月的一天，第一次来山岔村，带来了15份慰问品，里面有食用油、大米、面条，是给村里特困家庭的。当时坐的皮卡车，40多公里，颠颠簸簸走了近2个小时，可刚到村委会，村民们听说有慰问品，不管三七二十一，也不管是给谁的，男女老少蜂拥而上，不到5分钟就一抢而光，每份慰问品四分五裂，有的抢到了食用油，有的抢到了大米，有的抢到了面条，没有抢到的却在破口大骂，骂村干部，骂这种做法不公平。秩序相当混乱，还出现了村民互抢互骂互打的现象。

这次来，张副县长汲取教训，没有带体积大、显眼的慰问品，12份，每份只是一条毛毯，坐着小车，东西放在后备厢内。

悄悄到了村委会，村支书给每户打电话，叫他们来领。然而两个小时过去，却不见一个人的踪影。张副县长板着脸，问支书怎么回事。支书笑笑地回答说："电话我都打通了，来不来是他们的事。"停了一会，又意味深长地说了一句，"今非昔比啊。”

张副县长有些迷惑，盯着支书说：“老谢，你这是搞的什么名堂，卖的什么药？走，我们上户去。”

支书说：“县长，快吃午饭了。要不这样，我们再等等，如果人不来，下午再去。”

张副县长想了想，说：“好吧，不过你要快点，就在这随便搞两个菜，越简单越好。”

支书一边撸起袖子，一边答应道：“行。我马上动手，炒一盘青菜，焖一盆萝卜，外加一碗清蒸豆腐蛋。”

一点多钟，正在吃着午饭，支书的手机响了。是李二财打来的，他说他家正在杀6头猪，要趁过春节卖个好价钱，至于慰问品，他感谢政府和县领导的关怀，同时也希望送给比他更需要的人，他就不要了。

又过了一会儿，黄大娘进来了。她放下挑着的两蛇皮袋东西，有上百斤，冲支书说：“书记，这几年全靠政府的帮助，我儿子学会了栽种荸荠的技术，资金上也得到了扶持，现在不差钱了，日子好过了，儿子也找到了对象。今天是赶集日，我儿子正在卖荸荠，他听说县里的领导来了，叫我一定要送一点给你们尝尝。”黄大娘说完这些，分别向张副县长和支书鞠了一个躬，转身就要离去。

张副县长见状，赶忙走上前，拉住黄大娘说：“大娘，这是我们应该做的，你这样就不对了，我们不能要，你挑回去吧。”

黄大娘说：“县长，我们乡下人吃水是不会忘记水源头的。你不要，那就放在那里吧。”随后一甩手就走了。

支书追到门口，大声喊：“大娘，你的慰问品还没拿去呢！”

黄大娘头也不回，好像没听见一样。

张副县长指着那两袋荸荠说："老谢，这东西我们不能要，你送回去吧。"

支书说："送不得，我们这里的乡俗，送了是要被挨骂的！"

"那怎办？"

支书说："荸荠是好东西，天然食品，降血压降血脂清肠道，卖10多块钱一斤。这样吧，我们一人一半，把它买下，明天我把钱送去，再向黄大娘说明情况，做做她的工作。"

张副县长说："这样也行。"

这时，吴老汉又来了。他满脸笑容，一进门就忙着给张副县长和支书递烟点火，嘴里同时说："县长、书记，我的特困户你们划掉去吧，这样挂着，乡亲们会笑话我，我也不好意思。"

张副县长听了一愣，看着吴老汉，问："怎么，你家真的不困难了？"

吴老汉"嘿嘿"一笑，回答说："不困难了，早就不困难了。"

"那好，说说你家是怎么脱困的。"

吴老汉又拿出烟来，一边递一边说："其实也没什么。书记知道，我是长病人，在床上躺了快10年。大前年政府帮助，新农合特别关照，在省医院住了20天，一下子就把病治好了。这两年不用服侍我，儿子儿媳能在外面安心打工，我和老伴在家里搞种养，每年的收入很不错呢。"

张副县长听了，欣喜地说："这就好，这就好。"随后又说，"今后你们要再努力，让日子过得一天比一天好。"

就这样，一个下午，全部慰问对象除三户全家搬到镇里住、一家搬到县城住的外，陆陆续续都来了村委会，没有一户拿慰问品，送来的农副产品却不少，五花八门，香菇、泥鳅、鸡鸭、芋头、菜籽油等等。

看着张副县长在一旁默默沉思，支书说：“县长，快6点钟了，你回去吧，这些我来处理。”

张副县长说：“老谢，今晚我在村委会住，明天还要上户。”

支书听了一怔，说：“上户，没这个必要了吧？”

张副县长说：“完全有必要。”

“为什么？”

“一是感谢乡亲们的心意；二是感谢他们这几年对政府工作的配合和支持；三是真心诚意地把物资款送上。”

支书听后，心里急了，连忙说：“县长，你来真的啊！这么多东西，买回去，猴年马月才能吃完啊？”

张副县长说：“连同慰问品，明天全部送到村里的养老院去。”

（三等奖　作者单位：江西赣州赣县区财政局）

万年的水陂

邱朝平

千年的良田，万年的水陂。这话在龙川老家不知传了多少年多少代，基本上是妇孺皆知。小时候不明白什么意思，长大后上了学，才知道它和毛主席说的“水利是农业的命脉”一样，有着深刻的道理。要想拥有一千年的良田，必须用万年的水陂来做基础，作保证，当后盾，否则，都是空话，水利的重要性也由此可见。

我“呱呱”落地来到人间，门前的水陂就横在那条五十多米宽的螺溪河上。说水陂，是专业用语，形象地讲，不过是用来拦水的“篱笆”。两排木桩像“二”字一样横在河面上，前后排相距约两米，桩桩之间相隔约一米。每排的木桩间用韧性较好的树枝或小树绞在一起，好似缝在衣服上的线。木桩高一点五米左右，用碗口大的松树做的，一头削尖，一头锯平，然后用磅锤打入河床几十公分。这是很辛苦很费体力的活，累得腰酸背痛，震得虎口出血，要男性青壮年才能干。“篱笆”扎好后，就往“二”中间填砂石，底层是大石头，到和木桩齐高时就用厚厚的大块草皮封顶、堵漏水眼。水陂简陋，千疮百孔，但却灌溉着两个生产队近四百亩的一等稻田。然而，这样的水陂毫无疑问是弱不禁风，每年都要被洪水冲垮几次。因此，水陂是生产队里一块挥之不去的沉重心病。筑一次要动用一二十人，三四天时间，花在上面的精力、劳力实在是太多了。社员们一听说筑水陂就头痛，唯恐避之不及。分田到户时，大家都不要靠这水陂灌溉的田，最后是采取搭配的措施才解决问题。一开始，水陂被冲毁，各家各户还会出劳力重修，渐渐地，改种其他作物的人多了，修水陂的人越来越少了，有的宁愿让田地荒芜。

1997 年，镇里的领导看到这么好的粮田荒芜浪费，感到很可惜和心痛，于是出了个主意，要村里写一份争取资金修水陂的报告，由他们交给有关部门。说老实话，在那时，县里的财政是很紧张的，用于水利建设的钱更是僧多粥少，可县水利局派人下来了解情况后，硬是想办法挤出四万元，买了水泥、钢材，不过劳动力要村里解决。这年秋天，一座半圆型的滚陂建好了。村民们激动、高兴，这是他们最迫切也是做梦都没有想到的事情。竣工那天，村里还专程把镇里的领导请来，向他们感谢，不停地敬酒。第二年，那几百亩地全部又种上了水稻，并获得了前所未有的大丰收，村民们个个脸上都洋溢着灿烂的笑容。此外，滚陂还成了村民特别是孩子夏天的游泳池，一年四季的垂钓基地。

一晃十多年，村民们没有筑过水陂，也根本不担心没水灌溉的事。然而，毕竟这么长时间，加上建造时资金不足，没能力用足材料，基础也打得不够深不够牢，滚陂日益老化，显现出裂痕和崩塌现象。2015 年，镇政府又向上反映，并且争取到了立项。去年冬，一座投资 30 多万元、由专业部门设计专业队伍施工建设的新型水陂屹立在原来的地方。这水陂宽两米，高三米，水坝上面能通行板车、小四轮农用车，村民们的化肥、稻谷都可以运过去了。那天，一群村民围着镇领导，问了些“现在国家怎么这样有钱”“怎么要建这样气派的水陂”之类的话。镇领导笑着回答说：“经过近四十年的改革开放，我们的国家富了，特别是近些年来，政府不仅着力改善民生，对水利事业也尤为重视。30 多万元建这水陂，现在看是多了一些，但它着眼的是长远，让老百姓千年、万年都不为此事忧心，也可以说是为我们国家积攒的一笔财富。”村民们听得心花怒放，豁然开朗了。

（三等奖　作者单位：江西赣州赣县区财政局）

恋乡的母亲

超　平

父亲去世后，母亲一个人在连江乡下老家生活了近十年，现在年过八十，身体每况愈下，去年夏今年春大病了两次，在医院一住就是二十多天，平时小病更是不断，已成了村卫生所的常客。然而到了这样的地步，母亲仍不肯跟儿女进城。理由有二：一是不适应城里的环境，二是舍不得田土山林，离不开朝夕相处的乡亲们。因此，我们对母亲的牵挂越来越重，担忧日益增多。

那天，我和弟妹经过商量，一致决定无论如何也要把母亲接到身边来。星期六，三人一同回了老家。母亲见了，心花怒放，喜笑颜开，把所有能吃的都拿出来，午餐也搞得异常丰盛，最突出的就是焖土鸡，每人还有一大碗米酒蒸土鸡蛋。

吃饭时，母亲有说有笑，问了我们的工作生活和她孙儿孙女的情况后，又说了村里不少的新鲜事，比如谁家盖了新房，谁家的儿子考上了大学，某某人买了小汽车等等。我们很难插上话，只有静静地听，并不停地附和着母亲的表情。

饭后，大家围坐在饭桌前喝茶，吃花生、干果。这时，我切入主题了："妈，您年纪这么大了，身体也越来越差，一个人在乡下，有个三长两短都没人知道，实在是让人太担心了，跟我进城过日子吧。"

母亲回答说："我不去。城里有什么好，冬天冷得要死，夏天热的受不了，空气也不新鲜，整天待在牢房一样的家里，连个说话的人都没有，烦闷得很。不像在村里，可以种菜、养鸡鸭，和大家嘻嘻哈哈聊天，赶起集来也是一伙一伙的，没事可以东家走走，西家串串，有事互相帮忙，想做什么就做什么，自由得很。”

弟弟接着说：“妈，我那里是县城，连着农村，环境和村里差不多，不远的地方也有个集市，你如果要栽菜，我还可以给您租一块地，到我那里去过日子吧。”

母亲摇了摇头，说：“你不要哄我。现在的县城，其实和一些大城市没有多大的区别，人多，车多，到处是高楼。说租块地种菜，这租金不是钱？农家肥哪里来？我这里有现成的，你这是脱了裤子放屁，根本没有这个必要。我不去。”

妹妹走上前去，给母亲的杯里加满茶，笑吟吟地说：“妈，我婆家是农村，可我两口子在镇里的集市上租了一间店面搞饮食，您去我那里，帮我洗洗碗筷，切切菜，也算是减轻了我的负担。再说您做的茄子煮鱼这么好吃，还可以露一手，有可能客人吃了都不想走呢！”

母亲听了，脸上生出得意的神色，她说：“闺女就是嘴甜，还会给我戴高帽子。说老实话，你那里倒是比较适合，可你是搞饮食做生意，要赚钱，我这个人的形象别人看了就不舒服，恐怕会把客人吓跑。我的茄子煮鱼在家里、村里还马马虎虎，到了真正的桌面上，是会倒架子的。我长期住在你那里，你的公公婆婆难免会产生一些看法，影响你们之间的关系。我还是待在家里好。”

就这样，不管怎样做工作，母亲就是不答应。最后我们有些生气地问母亲：“妈，您这样，我们该怎么办呢？”

母亲回答得很简单、很轻松：“不用担心，到时我会告诉你们。”

九个月后，母亲突然叫我们三弟妹回去。这回她开门见山地说："现在我的身体确实不行了，需要人服侍了，不过你们那我都不去，我要去村里的养老院，费用由你们分摊，儿子百分之四十，女儿百分之二十。"

听了母亲的这个选择，我们不由得大吃了一惊，也一致反对。

母亲看出了我们的心事，反而做起我们的工作来："我知道，你们不让我去，是怕别人说我有儿有女还进养老院，骂你们不孝、没良心，名声不好听，其实这都是一些不了解情况的人。你们去看看，村里的养老院里，局长、科长、大老板的父母都有，他们这样做，是顺从父母的心愿，让父母过得舒心快乐，能多长几年命，这才是最大的孝心。再说养老院这么近，大多数都是同辈的乡亲，熟悉，能聊得来，吃得好，睡得好，有病能得到及时的治疗。你们别多说，就这样定了。"

我们知道，母亲是一个倔强好胜的人，她的决定，我们是改变不了的。于是只好说："既然这样，那就先试试吧。"

第二天，我们把母亲送进养老院，心里总有一种难言的滋味，可母亲却是乐呵呵的。面对迎接的鞭炮和院里的老人们，母亲满脸笑容，和不少熟悉的乡亲打着招呼，像是一位凯旋的功臣。

临走时，我们哽咽着，对母亲是千交代万叮嘱，并保证常常会来看她。母亲平静地说："你们不要担心，好好工作，我在这里一定会过得很好的。"停了一下，母亲又说，"不过有一件事你们要记住，我死后一定要葬在村里的公墓区，那里风景好，我熟悉，连着自家的自留山，也看得到自家的田土和房屋。"

（三等奖　作者单位：江西赣州赣县区预算外资金管理局）

回访老区烟楼村

曾　权

距离徐闻县城约 50 公里的新寮岛，有一条古朴宁静、临海而建的村庄。这条村就是抗日战争根据地村庄，她有一个广为人知的名字“烟楼”。

我是土生土长的烟楼人，小时的记忆中，烟楼是个沙土裸露、树木寥疏、杂草丛生的村落，给人一种荒芜苍凉的感觉。那斑驳的竹壁泥墙、残缺不全的板门、茅草盖顶的农舍，它带着沧桑的纹痕，依然刻录在我的心里，不时有丝丝的忧伤。如今又怎么样了呢？

一个暖阳融融的春日，我驱车回访久违的烟楼村。车子缓缓地停在村口，步入村头约 800 平方米的小广场内，我就觉得自己仿如置身在一个幽谧、宁静、美丽的空间，不再是穿行在树木苍老、岁月痕深的时光里了。

小广场的四周，几乎是古色古香、青砖黛瓦的建筑。耸立巍峨的村门牌坊、具有雷州半岛风韵的祠堂、香烟缭绕的关公庙、三雷地下革命联络站纪念馆，还有落成不久的文化大楼、演出大戏台……不但呈现出远古的韵味与时代气息相吻合的风貌，而且在枝繁叶茂的古树摇曳的动感交汇中，营造出浓浓的民俗文化、红色文化、生态文化的氛围。在沉淀而厚重的文化氛围里，让我感受到湮没在历史尘烟中的烟楼已容光焕发，热情迎接久别重逢的亲人。

早在战争时代，烟楼村就建立了地下革命联络站，为接济来自三雷（即徐闻、海康、遂溪）地区从事革命斗争活动的人士做出了不可磨灭的贡献。10多年前，烟楼村修复了革命联络站，并命名为“三雷地下革命联络站纪念馆”。纪念馆展厅虽然不大，但是烟楼村革命斗争史的缩影。村党支部书记老陈指着墙上的图片和文字说明，滔滔不绝地介绍。在他绘声绘色的陈述中，仿佛把我带回到当年烟楼村一批批热血青年弃笔从戎、投身于抗日战争、解放战争的硝烟弥漫、烽火燃烧的岁月里。这时，随行的一位文友即兴为纪念馆作诗一首：

日寇入侵战火燃，一村老少蹈烽烟。
土枪土炮敌魂丧，海角天涯壁垒坚。
浴血冲锋为社稷，献身陷阵保家园。

革命老前辈艰苦卓绝、抛头颅洒热血的精神，在薪火相传中，为烟楼后人开启了走出穷乡僻壤的大门，造就了一批从政有成的骄子，创业经商的企业家。他们满怀爱乡热忱，长期支持家乡公益事业建设，为烟楼增添了一笔弥足珍贵的人文色彩。

带着阔别多年未回乡的情怀，热情好客的兄弟把我引进村里。信步行走在通向村中的一条宽敞的水泥硬底铺设的村道上，又钻进深幽的小巷，一座座门庭向南、鳞次栉比的农家小楼在我眼前呈现。它带着淡素清纯的时代气息迎面向我扑来。破旧的村落、斑斑驳驳的痕迹已经不见了。茅草房已被迁走，取而代之的是一幢幢拔地而起的新楼房，整齐而光亮，几乎都是清一色的“马赛克”瓷砖墙体装饰，沙土伸出的是一条条通往自己家院门口的硬底化村道小巷，把每幢小楼连接起来。楼房与楼房之间的空地上绿树婆娑，庭前院后的花木争鲜斗艳。有的小楼的阳台上还摆放着花卉盆景……要不是走廊通道悬挂着捕鱼捞虾的网具，我怎么也不敢想象这就是我昔日的烟楼村。

大海对我来说并不陌生，尽管时间匆促，我还是在童年伙伴阿谦的陪同下，来到村前海边走一走。因为这片海一直是我眷恋的地方，所以不再去看看将是一件憾事。可是，有些曾经是我很熟悉的地方竟然有点模糊了。我瞪大眼睛环视四处，反复回忆，眼前仍然模糊一片。也许阿谦看出什么来了，他噘着嘴巴嘟哝道："你真的认不出来了吗？这里是咱俩小时光着屁股经常在一起捏泥团赶海马的那片海滩啊！"我真的想不到，昔日的这片海滩不再是裸露的沙窝和泥沟了，而是被一丘丘、一排排星罗棋布似的虾塘"侵占"了。虾塘水面清澈而平静，一缕清风吹过，泛起一圈又一圈迷人的涟漪，水欢虾跃……

伫立在大坝上，望向已退潮的大海，三条港湾的交汇处是一片约3000多亩、盘根错节、苍劲葱绿的红树林，在潮起潮落中，仿如永不退役的卫士，倔强地固守着这片喧嚣的海域。捕鱼的舢板仔、槽白仔在红树林环抱的港湾悠悠穿梭，红树林里偶尔飞出的白鹭从船头穿过，"嗖"的一声又往红树林深处飞去。此刻我感悟到，烟楼村前人之所以能保留下这片完整的红树林，又成为白鹭等候鸟栖息的天堂，是因为他们早就有了保护生态环境的潜在意识。

夕阳缓缓西沉，我和阿谦同坐在快艇上，在方圆5平方公里的海面游览一圈后，又穿行在港湾深处，观看渔民撒网捕鱼。网起网落，生猛活蹦的鱼儿被缠在网里鳞光闪闪。这时，落日的一片金黄伴着船影倒映在海面，让我领略到"夕阳底下鳞光闪，渔舟泛澜溅水飞"的意境。

上岸回到村里，已是暮色浓浓。用完晚餐后，阿谦送我出到村口。再次回眸凝望时，各家各户的灯火跳动着诱人的光影。此刻，我觉得这个革命老区村已跨过岁月的坎坷，沐浴着春光，在乡村振兴打造的进程中昂首阔步向前……

（三等奖　作者单位：徐闻县老促会）

古渡桥头度春秋

唐巧丽

我的家在偏远的粤西山区——信宜。因为信宜位置偏僻，境内山高林密，历史上是少数民族聚居地，汉族人口较少。一条驿路也仅为驻军及官兵巡防使用。自清康乾年间，大量移民入境，商贾往来日众，驿道逐渐变为军民、商贾共用。其中最重要的一段驿道从信宜县前总铺（镇隆）出东门—横茶铺—怀乡铺—筈杯岭茶亭—涵口汛—贵子铺—石马铺，通罗定州，从水路直达广州，境内长 160 里。而浩浩荡荡的黄华江在怀乡镇中堂地区将驿道截断，为了连接两岸，就有了船渡。位于怀乡镇中堂村委下寨村的黄华江边保留着信宜东北驿道要津官渡头旧址——义渡船夫住所。渡船屋在 2013 年 3 月被列为“信宜市不可移动文物”，备受关注和保护。

我们慕名来到官渡头，首先映入眼帘的是一座古老的建筑，砖木结构，一厅两房一厢房，约 100 平方米。该屋龙船脊，阴阳合瓦，青砖为墙，木质大门，花岗石门栏。墙面斑驳，有些地方已青砖裸露，那一条条裂开的砖缝就像一支支笔，诉说着长远的历史。在黑色的木门上方，悬挂着政府新造的匾，红色的“官渡头渡船屋”几个字格外耀眼。

正当我们七嘴八舌地议论着的时候，旁边走来一位头发斑白的老爷爷：“你们也来看渡船屋啊?”“哎！爷爷好啊!”爷爷自我介绍姓吴，将近九十岁了，他指着旁边唯一一座两层高的楼房，说：“我从小就住在这，我给你们说说吧!”他热情地介绍起了这渡船屋。官渡“上通罗阳，下接郡城，商旅络绎，问渡者踵相接。”在清道光年间，此处原有渡船，但为舟人所垄断，每年春水暴涨时期，船工就要数倍的船费，行人纷纷叫苦。附近的乡贤就商量捐资设义渡。“岁丁酉，何君文澜、吴君大赉、高君松、张君应美、杨君方隆、杨君国章、高君佺、邱君配道始申前议，偕同人董其事，解囊以为之倡。”后共捐助得铜钱一千二百七十五贯（一贯钱约等于一两银子），除了造摆渡的船外，还买有田地，将田地所产的每年四十石稻谷给船工作为工资。后来又在岸边盖一小屋亭，作休息之所。“由是唤渡者，无所留滞，而人人称便。”这样的历史，我们已经看到，可听到八十多岁的老人口齿不清地转述却别有一番感受。老人说，这些东西都是上一辈的人告诉他的，他一碰到来玩的人都拉着说。也许正是一辈又一辈的人口口相传，先贤的仁义和传统的感恩得以更好地传承。

“你们看，以前是从这里走上船的。”老人带我们来到不远处的岸边有一个斜坡，虽然杂草丛生，仍可依稀看出走过的痕迹。旁边有一个用红砖砌成的圆柱形的建筑物，我们问这是干什么的，可老人不回答，也许是没听到。他说：“以前很多人都来这坐船过江。”当然，因为这是当时高州、信宜等地前往罗定的必经之路。“我小时候经常乘船过江，一条船一次可以将七八十人摆渡过江。”“摆渡非常危险吧?”“嗯，在大雨时节特别危险，我有两个亲人是船工，在摆渡时不幸掉下江溺亡。”老人浑浊的眼里满是泪水。

这个渡口开始是义渡，后来为官方的，群众过渡都不用钱。而船屋的主要作用是给船工住宿，“就是半夜叫你起来摆渡，你也要起来”。老人说：“解放前，朱砂镇那边还没有路通往贵子镇，群众过往黄华江都要在这里乘坐渡船经过。抗日战争时期，经常有大量的部队在这里经过去前线。”中华人民共和国成立前，船屋还有不少流浪者居住，中华人民共和国成立后，流浪者居住的房间变成了碾米房。老人扶着墙，一边走一边絮叨："我在这住了一辈子了！"

"这是我家！"离渡船屋两三米的地方就有一座两层楼房，一楼是一间不大的家用铺子。爷爷和他的小儿子一家四代人一起住。"我的爷爷也在这里住，我出生时住的是草房，后来大一点了，父亲建了木板房。那时吃不饱，穿不暖的，特别是冬天，大江的风吹得人冷啊！""特别是六十年代，江里的鱼，岸边的草都拿来填肚子了。""后来国家富裕了，到处修公路、建大桥，就不用渡船了，渡船屋也就没用了！""可是，我们出行更方便了！""对呀！你们看，铁索桥！"我们早就看到在他房子的左前方不远，有一座铁索桥。"这座桥我十多岁时修的。那时全国搞建设，下游建了水泥大桥，再往下建了一座水电站，蓄水发电。渡口处江水大涨，就不用摆渡了。水电站出钱建的这座铁索桥，主要是方便两岸群众过江耕作和学生上学。"桥长约100多米，宽约1.5米，距水面约10米，看起来气势磅礴。江中有一水泥桥墩，将桥分为两部分。桥的桥栏和桥底链都是铁索，据了解桥上原来铺的是木板，隔一段距离用铁块进行加固，现在换成了铁皮。因为是下午，没有什么行人。

"不过日子越来越好了。八十年代，我们有了自己的田地，只要不懒，就饿不了。我就开了个铺子，卖些生活用品，靠着大伙帮衬，生活竟好了许多。""后来，儿子长大了，到外地打工，我在家帮着带孙子，生活过得有滋有味。""现在生活怎么样？生意好吗？""生意不好。因为家家都有车，交通又方便，大家都可以到镇上或者到市里面去购买商品了，我这里的就是些应急的，还有就是小孩子的小玩意和一些学习用品。"老人说这些时没有一点儿沮丧，脸上一片平和！"我赶上了好时代啊！每个月按时领‘工资’（养老抚恤金），比我儿子还多!”“哈哈哈……”爷爷爽朗的笑声真叫人高兴！“以前我出去打工，一年回不来几次，一家人分几地。现在镇上都有工厂，男的女的都可以在家上班，不必受这离别之苦了。很多家里女人留下，一边带孩子一边打工，对娃好啊……”他们父子俩断断续续地向我们介绍自己的生活。

父子俩热情地让我们喝水，还留我们吃晚饭，我们婉拒了，要到铁索桥那头玩。问老爷爷是否同去，他说吃过晚饭再去。对面是政府新农村建设拨款改建的一个桥头公园，饭后很多人在那边闲逛聊天。

我们走上铁索桥，那条条铁索已锈迹斑斑，上面的铁板厚实，踏上去“哐啷哐啷”地响，像一首铿锵有力的历史赞歌。脚下碧绿的黄华江水缓缓地流淌，两岸翠竹成林，鸟儿鸣唱，像一副明丽的山水画，让人心旷神怡！再走到桥的最低处，晃晃荡荡的，心里不免一阵紧张。儿子调皮地大踏步前行，吓得婆婆惊叫不断，他却哈哈大笑起来！桥中央是个桥墩，是桥的最高点，向江的更远处看去，辽阔的江面波光粼粼，晃得人眼睛都睁不开。两岸新修的公路像两条巨龙，在翠竹丛中若隐若现，很壮观！桥头有一个很陡的斜坡，我们刚走下去，一位年轻的小伙子开着摩托车，载着一家几口开了上去，“哐啷哐啷”一下子就到了对岸！

桥头公园还没有完工，但已初具规模。公园以原有的几丛翠竹为中心，用红白两种颜色的砖铺成弯曲的小路。在几个小土坡种上台湾草，再种上怀乡虎跳崖（信宜旧八景之一）上特有的粉杜鹃，自成风景！有一个土坡上砌了一座风车，红砖的底座，黄色的风车扇，不远处的两株白鸡蛋花已盛开，白色的花瓣底部略带明黄的粉色，娇嫩无比，整个小土坡竟有点异城风！还有个小土坡，在竹林中有一架藤秋千，荡呀荡，荡了个古往今来……几位工人正在砌围栏，他们顶着下午的太阳，流着汗水，默默地工作。正是因为这样勤劳的人们，还有富强国家的不断扶持，我们的生活越来越好！

回去的时候，又经过吴爷爷家，他热情地邀请我们下次再来。下次再来，吴爷爷家的生活一定会更好的！不仅吴伯伯家，我们很多人的生活都会越来越好！

（三等奖　作者单位：信宜市怀乡第一中心小学）

老区·古圩·新支书

梅　瑜

对七甲的阶洞圩，坳仔乃至怀城很多老一辈人都记忆犹新。阶洞圩始成于清朝晚期，因其水陆路交通便利而成圩。直至今天，逢初五、初十仍有村民到阶洞古圩赶集。现时的古圩中街，虽然增添了许多现代楼房，还铺设了水泥路，但从留存的那些由几条砖柱搭建而成的建筑，代表那个年代特征的骑楼、炮楼，依然能感受到古圩当时的繁荣。据说，古圩当时设有学校，邮役等，是怀集县二区区公所的所在地，一度是坳仔镇的政治、经济、文化中心。

抗日战争时期，古圩的百姓亲眼所见，日本侵略者的部队开展军事行动曾路经古圩，怕遭袭击，不敢在古圩停留。解放战争时期，古圩内的炮楼，是游击队与上级地下党组织联络和活动最频繁的地点。游击队以学校作掩护，从事革命活动，最终取得胜利。革命胜利后，革命先烈英勇战斗的精神一直鼓舞着后人奋发图强，纷纷前往参观古圩革命遗迹，追忆当年游击队和地下党开展艰苦卓绝的革命斗争故事。

无论是在哪个年代，对美好生活的向往，一直是老区七甲人强烈的愿望。中华人民共和国成立后，七甲人从来没有停止过建设的步伐，村里经济不断发展，老区人民的生活一步步改善。

新时代新目标。近两年，七甲村按照新标准推进社会主义新农村建设已初见成效。那天，我们走进七甲，村支书欧礼枝，带着沙哑的声音，不断地向我们介绍七甲的新农村建设，他满脸喜悦，一路指指点点：这里已完成，那里正在施工；这里还在动员，那里需要改造。甚至哪里要推要砍，哪里要填要筑，他都了如指掌。21 个自然村新农村建设全面推开，真不容易。这位当了四年村长，一年村支书的村干部，从来没有这么奔波忙碌，这么费心费神过。

2011 年，莲花村村民大年初一民主选举，推选村里在外地经商的欧礼枝为村长。当时欧礼枝在外的生意如日中天，忙得不可开交，一时半会放不下回不来。而且妻儿都不同意他放弃生意再回到穷乡僻壤的乡下。

情是故乡浓。欧礼枝为了家乡建设，为了不辜负村民的期望，大年初七，处理好手头上的事情，只身一人回到莲花村。他不为钱，不为利，一心为村民办实事。村民从欧礼枝垫资改善村民的饮水条件、开展敬老活动、集资筹建莲花厅屋等工作中认可了这位村长。

2017 年 5 月 20 日，当七甲改选支书时，务实为民的欧礼枝被热情的村民推选担任。

5 月 21 日，欧礼枝走马上任。新当选七甲村支书，便肩负起振兴乡村的新农村建设重任。七甲民风淳朴，早在 19 世纪初，便建有树德堂。后辈遵循先祖“德厚才高”的遗训，制定良好的村规民约。但对面的是 4000 多人口的古村，占地面积 14.98 平方公里，新农村建设得花多大的心思？他组织召开村民大会，站在大家面前说：“当年军民团结奋战，取得了解放战争的胜利。今天，我们要众志成城，取得农村建设的胜利。我们是革命老区，要有革命的斗志精神。目前，新农村建设碰到三种人。第一种人是对新农村建设不支持不反对不出钱不出力，事不关己，高高挂起；第二种人是在外面赚了钱，不想回乡得罪村民兄弟，不积极参与新农村建设；第三种人是在村里不做事、做事不出力，专搅事、爱打麻雀爱赌钱，到处讲风凉话质问新农村建设。这三种人，大家愿意做哪种人？我们七甲村，自古人杰地灵，是革命老红区，政府不忘初心，为了满足老区人民的新需求，让老区人民过上幸福的新生活，给了我们这样好的惠民政策，七甲人要不甘落后，积极行动，齐心合力追求更舒适的居住条件、追求更优美的环境、更丰富的精神文化生活才对啊！谁要出来扰乱新农村建设，请认真想想，值不值得？我们七甲村人不允许有这样的人，也一定先处理第三种人，动员第一种人，劝说第二种人。”会上，十几个村民轮番提问，欧礼枝一一作答，他语气平和，精神十足，用心解释。

在欧礼枝的动员下，会议一结束，村民纷纷签名。然而不是全都一下子同意。于是，他打电话、上门做工作。有时为了做通一户村民的工作，电话一打就是四个多小时，直至听筒发热，耳朵痛痒。有一个村道路不通，要绕路经过好几个村才能进入。欧礼枝连去了五次做思想工作，动员、解说、分析，常常和村民谈心到深夜 12 点，声音都嘶哑了。就是这样，他讲效率，做事有计划，万事有商量，直到做通村民思想工作为止。

新农村建设牵涉很多，三清三拆更体现一个人的管理能力。拆屋让地，他以身作则，从自家开始，从亲戚家开始。虽然初时亲戚不满，但当看到村道村貌改变了，慢慢消气并转为大力支持。

一村一品一果一树，是七甲村委会建设新农村的理念。七甲村自古靠山吃山，靠水吃水，天然的厘竹资源，致富了这一方人。富裕了的古村，更要让每个自然村更有特色。村委会提倡一村一品一果一树，树立起特色品牌。现在七甲村里，村村都把该砍的竹砍了，该种的树种了，该种的果都种起来，创建出自然村的特色。

七甲村还有一个创举，离开家乡多年的游子，若想叶落归根，村民同意集体让地，让他们回家乡建房，安居养老。也正是这样的举措，让很多早已定居城里的兄弟看到了希望，看到了家乡人的观念转变。回来捐助家乡，齐心协力推动新农村建设。现在村里有篮球场、公共厕所、污水处理处。留在村里的，生活改善了，开心；外出发展的，心系家乡，放心。

走进七甲，沙坪、莲花的新农村建设已走在其他自然村的前列，公共文体设施、田园村道、翠竹莲花，果熟稻香……令多少人向往。七甲人还要努力、还得加油！

（三等奖　作者单位：怀集县作家协会）

红区风光好

——走马怀集县革命老区

金　重

“我们都是神枪手，每一颗子弹消灭一个敌人……”我哼着自打儿时就十分喜爱的《游击队歌》，漫步在草木茂盛的山路，走进革命老区这片英雄的土地。

这是一座三进式的泥砖故居，主人罗彩莲四婆接待了我。老人家74岁了，身板依然硬朗，她把岁月的沧桑掩藏在蓬松的白发和深深的皱纹里，豁达、乐观。如果不是亲耳听闻，真不敢相信屋檐下的这户人家，竟然有着足以令天地动容的传奇故事。

罗四婆是烈士家属，而且一门三英烈！公爹梁启铎，大伯梁大苟，三伯梁三苟，都在1948年的“新田突围战”中英勇牺牲。当时，粤桂湘边工委组建了200多人的“桂东独立团”，挺进怀东七坑地区建立根据地，再向连山、贺县进发，扩大粤桂湘边区。一部分部队就驻扎在梁启铎家和旁边的梁氏宗祠。敌人察觉了我方战略意图，即纠集3000多人的武装队伍进行围堵。因寡不敌众，部队决定撤向广宁、阳山。同为怀东游击战士的梁启铎梁大苟主动请缨给部队带路，才十多岁的梁三苟也同行。敌人尾追而来。在阳山境内的战斗中，梁三苟牺牲，梁启铎梁大苟父子被俘，不久惨遭杀害。梁家为中国革命献出了三位亲人的生命！

解放了，人民翻身当家作主人。但新田村地处大山，经济相对落后。那时，梁启铎的四子梁秀眉才四岁，烈士遗属家计的艰辛可想而知。到梁秀眉和罗彩莲结婚后，家境才日见起色。不过，随着儿女长大，经济压力日益增加。这时，就会有人从旁吹风，说你们是烈属，干嘛不向政府伸手呀？是的，他们也曾听到过有人变着法子向政府要这要那。但梁秀眉夫妇从来不这样，并且教育孩子，国家也有难处，不应用烈士的功劳谋取私利。先烈的荣誉是无价的，咱不能拿来作任何交换。儿子梁烁新读广宁师范，身体正爬坡的小青年，看到街上白白香香的松糕，馋涎欲滴，但懂事的他还是拍拍口袋走开了。政府知道梁家的困境，帮助解决了烁新的部分学费，使他得以完成学业。

成年的烁新，发觉自家不具备以农致富的条件，便决心走出大山，探索一条改变贫穷命运的路子。广州 6 年的历练，他学到了谋生技艺，并幸运地收获了爱情。小两口觉得翅膀硬了，便飞回家乡怀集，在县城开了一间汽车美容店。生意红火喜人。现在，梁老板不但在老家盖了楼房，县城也买了商品房，一家子过得甜美快乐。

罗四婆有时在县城和儿孙住几天，又得跑回新田村照顾老家那头。因为她二伯家大人失去了劳动能力，几个孙辈都指望着她支撑呢。我心头一沉说，四婆您还是找政府吧。四婆定定地望着我，良久，微微一笑，轻轻地摇了摇头："我，不习惯。"一股热流淌过心中，我握过四婆如树干般的双手，深深地向她鞠躬。

在洽水镇的丰叙村军洞寨，我又读到了另一种版本的争气篇。

欧阳周，一个高大壮实、健谈豪爽的壮年汉子，是烈士欧凤的侄孙。年轻时也曾有过到山外闯一番事业的梦想。但慢慢地感受到"外境非吾境，他乡非故乡"的酸楚，毅然回乡创业。夫妻合力，经年的摸爬滚打，现在拥有600多亩丰产林，300多亩果树，不但营建了舒适的楼房，还牵头集资修路做公益，改善村貌村风。军洞寨只有200多人口，却由7个姓氏组成。无论喜庆白事、家长里短，他们都能帮衬扶持、和谐共处。能如此融洽，其中重要一条，是寨里有一个理事会，现任会长就是欧阳周。理事会秉公处理族务，同时配合村委会落实各项农村政策。他的女儿正在念大学，儿子读肇庆技校，今年坚决要去参军。而欧阳周已是快转正的预备党员，正默默地准备着为家乡建设挑重担呢。

是的，新时代的老区建设，更需要共产党员那份使命担当。诗洞镇的保安村党支部，就充分发挥了其堡垒作用。

诗洞是怀集最早点燃革命星火的地方，是广西工委书记、粤桂湘边纵队副政委钱兴烈士的家乡。走进保安村，一座高大雅致的牌坊赫然眼前。一幢幢簇新的小楼房，错落有致。硬底街道巷子洁净划一，花草树木点缀其间。要不是空旷地方晒着稻谷，不时吱吱喳喳飞来一群热闹的麻雀，谁不说这是城里的居民小区呢？但可别忘了，这里可是省级贫困村啊！

村支书李秀辉说，在中山市扶贫队的帮扶下，村委着力打造多元化经济，不能光靠外出打工，要求党员在经济建设中起模范作用。党员王乃盛，现在养猪二三百头，鸡三千只，年收入30多万元；党员谭江姐，种植砂糖桔、贡柑500多亩。为了集体致富，村里投入了3000多亩土地与县工业园合作种植百香果。为免后顾之忧，签订了回收合同。现在。7亩试验地里作物长势良好。还准备看首期合作收效，增加土地投入。同时，村扶贫组做好精准扶贫工作，投资150万元入股镇养猪场，上半年已得分红17.5万元，全部分给了贫困户。

毗邻诗洞的永固镇也是革命老区。走访了几个村庄，印象最深的是罗脚村，他们的文化品位很高。颇具特色的民宅布局，维护良好的卫生环境，丰富活跃的文化生活。看到这一切，让人由衷赞叹，今日的老区人民，再也不是脸朝黄土背朝天的形象了。他们用勤劳和智慧改变生活、享受生活。咱们的革命老区，正沐浴着新时代的阳光雨露，一派欣欣向荣的景象。

（三等奖　作者单位：肇庆市作家协会）

红旗飘飘谱新篇

——新农村建设中的军洞村

邝金山

沿着红色的记忆，我们走进了革命老区基点村——军洞自然村。这是革命烈士欧凤同志的家乡。革命战争时期，这块红色的土地曾写下了怀集革命史上极为重要的一页。如今，军洞村“红旗不倒”，延续不屈不挠、艰苦卓绝的革命精神，在走向新时代的征程中谱写着新的篇章。

“我叔爷（爷爷的弟弟）欧凤，二十出头就加入了游击队，转战阳山时不幸被捕，面对敌人的威逼利诱，他英勇不屈，最后被反动派杀害了。”在欧阳周家，他小心翼翼地拿下挂在墙上的、由毛泽东主席签发的烈士证书，神情激昂地介绍着。他说，他的亲爷爷早年也参加了革命，后辗转多地，与家人失去了联系。时光虽然过去了数十年，但这红色烙印，深深刻在每一个军洞人的心中，永不磨灭。那个时期，军洞村民及附近群众积极参加支持游击队的抗战活动。一位九十多岁仍精神矍铄的莫老伯，捋着尺把长的花白胡须，说起当年帮助游击队撤离的情形，心情还是异常的激动。他说，那晚得知游击队夜里撤走，他与几位村民提前作好了帮助运送物品的准备。为了避开敌人，他们不能走大路，只能从河里和山路里行走。莫老伯他们冒着生命危险，马不停蹄地撑着竹排，来回为游击队员送粮草物资、护送伤员。直至凌晨，又冷又饿的他们才回到家，累到动弹不了……

在新时期，资源匮乏、基础薄弱的军洞村扛起了革命红旗，推行了社会主义新农村样板村的建设。现在的军洞村，宽敞整洁的村道，已全部硬底化。楼房旁道路两侧，是生机盎然的菜园或生态花果园。更显眼的是，菜园生态园等都围上了统一定制竹栏栅，整齐、美观又大方……走进军洞村，仿佛走进乡间别墅群，一切都是那么的惬意。

“两年前，眼前到处可见鸡屎牛粪，一到夏天蚊蝇成群、臭气熏天，下雨天更是一片泥泞，外出的年轻人都不大情愿回来。现在呢，小伙子们一有对象就忙着带回村里来，说这就是一座小园林，他们都为家乡的发展感到自豪。”面对翻天覆地的变化，村民祝伯掩饰不住满脸喜悦，侃侃而谈。

镇村干部介绍说，虽然新农村建设是个利民工程，但在某些村里也存在一些阻力。某些村民只是打着自己的小算盘，一副“寸土不让”的样子。有的不愿意多出力，有的赖着等政府出钱，有的还因为“三清三拆”而发生矛盾冲突。而军洞村的情形似乎更为复杂：全村 48 户约 260 人口，就有李、祝、欧、莫、罗、何等六个姓氏之多。在利益面前，不同姓氏之间会不会更易产生矛盾？涉及的棘手问题难免会更多。这“领头人”更被认为是“吃力不讨好”的差事。

欧阳周，不愧是新农村建设的一面旗帜。他是烈士欧凤的侄孙，也是成功的创业者，在当地是有名的实业家。拥有生态树、杉、柑桔等共约 500 亩，在县内外也有一些实业。为了村的建设发展，他毅然接下了“领头人”这个烫手山芋，担任村民理事会理事长。

欧阳周调侃说，自己做这份工作，是“蚀本”的。事实也如此，他与理事会成员们不但带头拆了自己的旧房子，且欧阳周自己已垫支了村中建设的工程款达 3 万多元。“你不怕这些钱不能及时兑现给你吗?”我们半开玩笑对他说。“没想这么多，一心只想着村里的建设能早日完成。就算兑现不了，能为村民办好事，自己心里也痛快。”欧阳周说。

按规划要求，村中的罗阿婆家里有两间杂物旧房要拆掉。但她儿子媳妇都远在外地打工，平时她只与十多岁的孙子留守在家。罗阿婆开始想不通：房子要自己动手拆？我可不干！也干不了！后来一想，自己的做法不是有损军洞村的优良传统吗？我们怎么能因自己的事而麻烦政府？最后她还是叫儿子儿媳回来，与亲戚邻居一起把旧房子拆掉了。工作中，村民共清理杂草杂物38吨，拆除危房、旧房31间。目前，最大的民心工程就是从4公里多的水源区引来饮用水，预计资金35万元。这虽是扶贫项目，但村民们已主动出人出力做了大量的基础性工作……在新的建设时期，军洞村切实起到了先锋榜样的作用，他们扛起火红的旗帜，共同谱写促跨越、奔小康的新时代序曲。

在新时期，军洞村还把革命精神和“红色基因”赋以新的精神内涵。村中党员牵头组织志愿者队伍，带头服务美丽乡村。他们以点带面，带领全村群众开展义务劳动上百次，清除乱搭乱建20多处。村中退休干部、教师及热心长者组织留守孩子开展读书等有益身心的活动，把老区革命精神化作源源不断的红色力量，激励军洞儿女奋勇直前。村里仅年轻一代，就出现了数名大学生。其中欧阳周的女儿、侄子分别就读深圳大学、华南农业大学。村民们都有一个强烈的愿望，就是希望村里能出现高文化、高素质的新时期军人。欧阳周也多次谈到，他最大的心愿就是把正在某职业技术学院就读的自己唯一的儿子送去参军——这“红色基因”已经融入军洞人的血液里，长在骨子里了，它将在军洞村这片红色的土地上血脉相传、生生不息。

回来的路上，微风吹拂，让人心旷神怡。放眼望去，广阔的稻田里，水稻成熟了，一片金黄铺满了这个充满着希望的田野。一株株饱满的稻穗随风点头微笑，仿佛向我们诉说着丰收的喜悦……

好一幅美丽诱人、色彩斑斓的田园画！

（三等奖　作者单位：怀集县桥头中学）

吃鸭记趣

翁广欢

李世要，阳西冲口人，和我小聚，说到改革开放，讲到老区变化，扯到自家趣事，唠叨了半天。我没怎么插嘴，便拾了一篇访问记。

不止一次，我会梦见那只鸭，那只喝醉了被吃掉的鸭。这梦，还得从40多年前说起。

我的家乡是革命老区，地处偏僻，交通闭塞。那年代，老区和其他农村一样，人们都是单衣薄裤，缺鱼少肉。小屁孩的我，肚饿着呢，嘴馋着呢。凡是肉，我都喜欢。不说肉质鲜美的鸡肉，也不说嚼劲十足的鸭肉，就是白花花的肥猪肉，我也能吃一大碗，直吃得满嘴流油，还觉得不过瘾。不过，对于鸡肉，我有过吃后拉了一个星期肚子的经历，心里留下了阴影。手不敢轻易动筷，嘴不敢轻易张开。猪肉需要用钱买，家中票子薄薄的小小的，不用点，不用数，心里都清楚有几张，爸妈怎肯轻易拿出？鸭子，家里可以养，养大可以劏。吃鸭肉，倒是可以实现的。我记得当时最大的愿望是过年。过年穿新衣，放鞭炮，最重要的是有鸭肉吃。鸭子，平时谁舍得劏？除非过年，或有极重要的客人来。所以，我就天天盼望着过年，日日期待重要的客人到我家。

那年，我家养了群鸭子。说真的，我恨不得它们像吹气球一样，眨眼工夫便长得圆滚滚的，我就可以吃它们的肉了。谁知，天有不测风云，村里鸡瘟横行，鸭瘟肆虐，我家的鸭，死得只剩一只。望着横七竖八的死鸭，家人欲哭无泪。

尽管只剩一只鸭，可我还是在梦里吃它的肉。机会终于来了，一天，老远的舅公挑担冬瓜给我家。天上雷公，地下舅公，舅公是顶尊贵的客人。为招待舅公，我妈一把逮住鸭子，用绳子绑牢，丢在厨房，任其拼命挣扎。那天，我的嘴特别乖，手特别勤，笑得特别甜，什么脏活我都抢着干，什么累工我都争着做。这还不是想吃鸭吗？可是，舅公凳还没坐热，水还没喝到肚，米还没落镬，就急着要走。我扯着舅公的裤脚，可扯不停舅公回家的脚步；爸妈拦着舅公，也拦不住舅公似箭的归心。我很失望，就悄悄把舅公挑瓜的箩筐藏起，可箩筐太大了，找到太容易了。望着挑着空箩远去的舅公，我知道，我的吃鸭梦破灭了。我恨舅公，也恨不肯劏鸭的爸妈，无来由地一脚踢飞鸭子。唉，吃鸭这希望，只好寄托在过年了。

可是，临近过年，鸭子下了一个蛋，又圆又大。妈妈捧在手心，很高兴，当然舍不得劏鸭啦！

有天，家里没人，我弄脏了衣服，扯下竹篙上的干衣，脱了个精光，准备换衫。旁边的鸭子，眼尖嘴快，以为我胯下的小玩儿是什么小虫子，一口咬住。我感到钻心般疼，狠命一脚踢开鸭子，下意识摸下受伤的地方。东西还在，只是火辣辣发疼，我不由放声痛哭。不远处的鸭子，竟然应和着我的哭声，“嘎嘎嘎”兴奋地叫起来，一副幸灾乐祸的得意样。突然，不知怎的，一个恶毒的计谋跳进我脑海……

我抹下眼泪，拿出家里的“糖剖公”（一种60度的本地酒），倒了半瓶，拌上剩饭，再淋上一碗鱼汁，端到鸭子的跟前。鱼汁的腥味，强烈地刺激鸭子的嗅觉，鸭子风卷残云，片刻功夫全吞进肚。不一会，原本生龙活虎的鸭子，不断摇头晃脑，前纵后仰，左偏右摆，眼珠子翻着白眼，时合时张向我走来。突然，两脚一软，窝在地上，闭上眼睛，一动也不动了。

我吓坏了，抱住鸭子，使劲摇晃，希望鸭子能睁开眼，可是鸭子双目紧闭，昏昏入睡，怎么也弄不醒。我忘记了胯下的疼痛，将鸭子抱住怀里，哭得惊天地，泣鬼神。这时，爸妈收工回来了，问我怎么回事。我心虚，不敢说出实情，说这鸭死了，我很伤心。妈妈情绪也很低落，说又来瘟疫了，原本指望这鸭做鸭乸，可是躲过初一，躲不过十五。爸爸说，趁鸭子没死多久，赶紧割喉。我刚想拦阻，话到喉咙，想到受骂挨打的后果，赶紧咽下了。妈妈手起刀落，一道鲜血喷涌而出，我赶紧用手捂住眼。那天晚上，我喝上了天底下最鲜美的鸭汤，吃到了人世间最喷香的鸭肉。大家狼吞虎咽，你争我抢，我还没吃过瘾，锅中汤早已没了，盘里肉早已空了。年幼的我，早已忘记了自己是“凶手”，早已忘记自己是骗子。只是，在以后的夜里，我多次梦见那鸭……

1978 年，改革开放的春风吹到我家乡。此后，当地政府投入大量资金，建好了老区的学校，修通了路，还大力扶持农业生产，人们生活好起来了，鸭肉早已飞入平常百姓家。特别是近几年，我夫妻俩的工资年年涨，荷包月月鼓，市面上的鸭肉，比青菜价贵不了多少，想吃鸭，天天买得到，顿顿吃得起。于是，我变着法子做鸭肉，煲焗焖炒烧炸一一尝试，瓦锅镬头铁板轮番上阵。做出来的鸭，色香味俱全，可我吃起来却不怎么香。儿子说，是因为现在的鸭是吃人工饲料长大的缘故吧。于是我又买了几只散放粗养的本地鸭，可吃起来还是没有 40 年前那种味道。妻子说，天天吃龙肉也不香呀。对！这才是真正的答案，我猛然醒悟，是吃得多，天天都有鸭吃，天天都吃鸭，味觉迟钝了，舌头挑剔了，哪还有香之理？

现在细想，让我过足吃鸭的瘾，归根到底是改革开放 40 年经济的飞速发展，我越来越多享受到社会经济发展带来的红利。狗不嫌家贫，儿不嫌母丑。尽管我生活的革命老区现在还比不上其他发达地区，可我坚信，撸起袖子加油干的老区人民，明天会更美好！

（三等奖　作者单位：阳西县二中）

昔日的穷山沟　现今的人间天堂

蔡纪昭

归湖，是革命老区县潮安属下的一个山区镇。由于交通闭塞，改革开放之前，归湖是远近有名的穷山沟，改革开放之后，这里摇身一变，成了令人羡慕的旅游胜地。

现在，通往归湖的路全部铺上了水泥。当你走出潮州市区，进入意溪境地，云彩、空气、风景、流水、随车流在转换、变幻、舒缓、清新。临近归湖，公路两旁的山峦、溪流、乔木、竹林都令人赞叹不已："天苍地绿沐祥辉，白鹭低飞林声随。清波倒影胜琼瑶，仙人流连不思归。"踏进归湖，随便找一处山峦、峡谷、瀑布、溪旁、坑凹、村庄、石滩、沙滩、石臼、水槽、草坪，即便是一株树一簇竹，都能聆听到美妙绝伦的天籁圣音。触摸着晶莹华润的物象玉肤，沁闻着馨连馥透的千年佳酿，吮吸着亘古冰润的玉液琼浆，感受着大地母亲的柔慈温良，感悟着大自然的博大深邃，享受着改革开放的精神佳酿。归湖，令人神往的佳境！她就像披着面纱的神女，若隐若现。她是2002年由原归湖镇、原凤南镇撤并组建而成的地处潮州市北部的一个山区镇。韩江像苍龙般游弋、眷恋于该镇的西南部，给归湖注入了虎虎生威雄机。归湖又像一朵红玫瑰，文祠镇护其东，凤凰镇挡其北，湘桥区守其南，赤凤镇和万峰林场卫其西及西北。大达157.9平方公里，辖32个行政村和2个居委会。其中碗窑、山犁、溪美岭脚等三个村为少数民族村。这里的人们，个个成了美容大师。

我们赞美归湖，是因为归湖确实是潮汕人的乐园。在幽谷逸林里汇聚的笑声，将会使每个游者终生难忘。幽谷逸林，这名字定得好，名不虚传。这里，已开发的景点有：松岩观涛、情人石、处女泉，以及人工搭建的竹棚“芳流楼”等休闲亭台等15处之多。全部坐落在青山绿水之间，幽而逸之，风情千种，妩媚万般。“幽谷逸林瀑布景区最独特的是区内蕴藏6个大小不一、形态各异的水流瀑布群。浓郁的亚热带森林特色山沟峡谷，步步有景，令人目不暇接。奔流而下的瀑布群组成的景区中有清澈见底的清潭深幽宁静的石洞、千姿百态的岩石、荆棘丛生的原始雨林灌木……大自然恬静、秀美、博大的情怀令人心旷神怡，展现着一幅人与自然和谐相处的美丽园景，令人流连忘返。”这娓娓动听的导游语，经无数人的检验还是认可的。这里的瀑布往往会令人有：“冲天奔谷入苍茫，虎哮龙吟百鸟寒。万丈飞流悬素练，满山巨石画中看。青青翠树晴阳暖，淡淡云天一片蓝。静坐开樽忘物我，琴声伴水作清弹”之感。要是夏天来到这里，那就妙不可言了。瀑布击石飞溅，水雾弥漫。微风经过长长的峡沟冷却、净化，柔柔地轻拂着颜脸，钻进衣缝钻进鼻孔，直达五脏六腑，让人好像置身于初春的毛毛细雨之中，浑身舒透。归湖的另一个景点是青龙潭，她位于凤溪下游的白藤坑溪段，距幽谷逸林不远。青龙潭售票处与凤凰二级发电厂隔溪相望。从青龙潭乘竹排，可溯源而上，饱览两岸青翠的群峰。这里的山，属于凤凰山的延脉，离火山喷口较远，很少陡坡，山峰肥硕，不露瘦骨，给人以亲昵、诚实、慈祥之感。坑底形态各异的岩石，像大鱼、像羊群，气势磅礴，令人大饱眼福。抚摸圆润光滑、大小不一、深浅各异的“冰臼”，又有一种通千古、探万幽之感。清流在臼中旋转、翻滚、欢笑，又汩汩地流到另一个冰臼，令人惊叹这里的水是多么的自由、欢乐、纯真、无邪。从青龙潭乘竹筏顺流而下，清波粼粼，翠峰叠叠，奇石楚楚。游客目之所及，皆为画卷。归湖，令人叹为观止的山水画卷还有“沉江春晓”、“活地金州”、“金龟背印”、“渔家渺烟”、“仙竹奇观”、“冲天蜡烛”等等，每处都是神力之所为也！

归湖的狮峰村，更有一股神的魅力。近来，围绕生态农业和自然景观旅游“双线”发展，着力打造具有历史文化特色的宜居、宜业、宜游的社会主义新农村示范村。该村的白鹭湖亲水乐园、主村道、村心公园、盛林书院等系列工程快速推进，精准扶贫和新农村建设完成任务量，居于全市乡村前列。因此我们不得不用《沁园春·狮峰行》来描述：

归湖狮峰，人间仙境，四面青山。喜花香蝶舞，林音袅袅，稻禾浓密，白鹭关关。丰韵如诗，潜颜似玉。佳地宜居千里传。齐声赞，拥天蓝水秀，人景同欢。

晨岚暮霭光环，遇春日、甘霖得福端。聚李吴及蔡，共谋发展。人文甚盛，仁寿康安。古庙香烟，盛林书院，原野风光羡世间。得鸿运，万象增锦绣，铭记英贤。

以咏而赞之！美哉！归湖山水。

旅游，带动了经济，山里人的衣食住行优越于城里人，使昔日的穷山沟变成了人间天堂！

（三等奖　作者单位：潮州市潮安区老促会）

割草劳动心连心　美丽乡村共奋斗

王树标

清晨，天空一片蔚蓝，犹如洗过，一尘不染。空气格外清新，像被滤过似的，沁人心脾。东方那片红霞连接天地间，太阳只露出半张笑脸，红色光芒却已洒满整个英粉村。市领导星期天要来检查扶贫工作，作为省定贫困村英粉村的党支部第一书记吴锡钿，这个双休日又“泡汤”了。他很早起床，独自出来散步。这是进出英粉村的唯一道路，有一个美丽的名字——金英路。初升的太阳把吴锡钿的影子拉得很长很长，紧紧地贴着路面。

吴锡钿边走边寻思着，明天要怎么向市领导汇报工作呢？驻英粉村任党支部第一书记两个多月了，他经常走访贫困户，了解其家庭情况，分析致贫原因，不时到田间地头，与劳动的村民聊天，听他们诉说心中期望，谋划村的发展，召集村干部开了好几场会，共商建设发展大计……

一想到村干部开会，吴锡钿就来气。本着带领大家为新农村建设大干一番事业的满腔热情召集村干部开会，但与会者的内心都十分微妙，或沉默不语、或言之泛泛无物，甚至指桑骂槐，反正就都不往点子上说。村两委班子离心涣散，无法形成合力，村党支部也起不到战斗堡垒的作用，这要如何开展工作呢？“如果不是个问题村，还要我这个第一书记干嘛？”吴锡钿回转一想，心情便又平静下来。

两个多月来，最令吴锡钿感到欣慰的是自己诚恳的态度和扎实的作风，得到了村干部和村民的一致认可。你看，吴锡钿走到村里，老老少少的村民都认识他，争先跟他打招呼。村书记余和丰就不止一次地在会上说，“第一书记是个外乡人，还那么热心我们村的发展，我们能不做点什么吗？”

“我现在的组织关系就在英粉村党支部，我既是一名的普通党员，更是村党支部第一书记。肩负着领导村两委前进、带领村民发展的政治任务。精诚所至，金石为开！相信我的无私和努力会感动大家的。”吴锡钿心里这么想着安慰自己，继续往村里的方向走去。

无意中，他看到路边杂草丛生，已经蔓延上村道，侵占了大半条道，而且草丛里还有不少生活垃圾。近期不是刚刚布置了“三清理三拆除三整治”工作，怎么还没开展呢？不理会那么多了，吴锡钿径直回村委会拿来镰刀和手套，便独自在路边割起草来。随着挥动的镰刀和渗出的汗水，这些天窝在心中的气也消了不少。

吴锡钿正埋头苦干的时候，一个熟悉的声音响起：“吴书记，你怎么在路边割草？”原来，是村书记余和丰刚好路过。“看着路面都快被杂草盖过了，看不过去，就来割一割。”听后余和丰二话没说，回村拿来锄头也开始锄草。两个人默默地干活，很快，一侧道路已经清理十多米。不一会儿，吴锡钿就汗流浃背。当他直起身子挥手擦汗的时候，看到村里走来一个人，背着一部割草机。这不是村主任余章宇吗？原来，余章宇看到吴锡钿在路边割草，又想起村里“三清理三拆除三整治”工作部署，便回家拿来割草机，准备加入割草行动。“吴书记，你一个外乡人，来英粉村为我们的村道割草，我不来帮忙，还像是这个村的干部吗？”余章宇一边准备启动割草机，口里一边说着。“吴书记，我去找多几个村干部一起来割草，人多力量大嘛。”没等吴锡钿开口，余和丰已经迈开大步向村里的方向走去。吴锡钿心里叹惜着："这两个人在村里都有影响力，都是能谋事创业的人才，如果他俩摒弃前嫌事情就好办多了！"

余章宇的割草机启动了，所向之处，草屑飞扬，机器的声音像战斗的号角，响彻整个村庄。一场毫无准备的"战斗"打响了，而且打得那么漂亮！

只见陆陆续续有村干部拿来劳动工具，加入割草的行列。大出吴锡钿的意外，村里 9 名干部都到齐加入了割草行动。有的背着割草机，有的拿着镰刀，有的挑着草筐，有的提着砍刀。砍刀在前开路，砍掉较大的杂树，割草机所到之处一片披靡，拿镰刀的同志跟随其后处理割草机割不到的边边角角，挑草筐的同志在后边收集、清扫废草、垃圾，就这样一路推进向前。

近中午，该休息了。吴锡钿在树荫下招呼大伙停下来，众人放下手中的工具，围在他身边。金英路两侧的杂草已经清理好长一段，路面变得宽敞了好多，村干部们的内心也一下子敞亮起来。"舒服、舒服，压抑了够久，割割草，发泄发泄，神清气爽！"浑身是汗的江海松爽朗地笑着说。大家伙有的附和，有的跟着笑，氛围是难得的和谐。吴钿锡感到这是难得的机会，他真诚地说："同志们，今天我真的很感动，大伙没把我当成外人！""你是我们的第一书记，怎么是外人呢?!""我们才应该感动，你一个城里人，帮我们割草清理村道。作为村干部如果还袖手旁观的话，那还是人吗?"……大伙你一句我一句的表达自己的看法。内心压抑很久的吴钿锡放开嗓子大声说："大伙看看，我们一起动手割草，一个上午就把这么一大段的村道清理得这么宽敞，看着多么舒畅。国家的扶持政策是天时，英粉的绿水青山是地利，只要大家团结一心便有了人和。我虽然是外乡人，但我的心是和咱英粉村、和大家连在一起的。有了人和，大家齐心协力加油干，没有什么事情干不成的。”余和丰书记应声道：“对，听第一书记的，要干事业就来一场轰轰烈烈!”“这种机会难得，不做好的话将来会被村民骂的。”余奕冲一脸憨厚的微笑，认真地说。余奕科也跟一句，“机遇千载难逢，得顺应时势，只要大家齐心，改变乡里面貌的时候到了。建设好乡里，为村民谋幸福!”

“兄弟们啊！吴书记想带我们发展，大家都这么想干事，我余和丰说到做到，大家一起大干一场，给子孙留个名。”余和丰书记神情坚定地说，讲完看着余章宇。余章宇有点激动了，说：“都八年了，没有听到‘兄弟们’三个字。好，兄弟们一起干!”大家不约而同都喊着“一起干”。声音激荡在英粉村的上空，热情似火盖过天上的骄阳。古有管宁割席分坐而断义，今有贫困村干部割草劳动而心连心，冰释前嫌，齐心协力，共同谱写社会主义新农村建设新乐章。

此后，英粉村的精准扶贫和新农村建设实现了“三个走在潮州市前列”。村“三清理三拆除三整治”先后拆除违章建筑、老猪舍、老厕池等539间（处），7500多平方米，群众从不愿拆、阻止拆到协助拆到主动拆、要求拆，发生了巨大变化，使英粉村的“三清理三拆除三整治”成为饶平县的示范村，走在潮州市前列。生态宜居美丽乡村建设先行先试，突显成效，受到市、县主要领导的肯定，省委李希书记亲临调研指导，英粉成为了网红村，被列为市的示范点。脱贫攻坚，贫困人口帮扶，光伏、养鸡、奖补等项目有序推进，“一村一品”发财树种植初显成效，危房改造、教育补助、大病救助扎实有效，多次检查都受肯定，英粉村因此走在了潮州市的前列。

（三等奖　作者单位：饶平县委党史办）

又见归湖白藤坑

黄瑞平

1966年冬，潮安人民以前所未有的壮志，打响了筑渠引水建设白藤坑水力发电站的战斗。

那一年，我不愿留在学校“闹革命”，报名参加白藤坑水电站引渠建设。

当一道清澈溪流横亘在我们行进的队伍面前时，有同行告诉我，这就是从凤凰老区延伸过来的凤溪。接着又指着凤溪岸畔那片错落有致的古村落：那就是老区村白藤坑。

从远山飘来的凤溪，带着古韵穿越过面前这片古朴无华的古村落，又静静地流向远方。一切是那样的自然，美得像一首流淌于青山绿水间美妙的诗歌——这就是我对白藤坑的第一印象。

从第一次见到白藤坑起，我就从心里爱上了韩江边这处红色老区。

让我难忘的是，在一个层林尽染的冬日，我们在完成了白藤坑筑渠革命任务后，归途中又来到白藤坑。沿着土路一直走向白藤坑供销合作社，买了些土特产，还用行军壶沽了半壶香喷喷的归湖米酒，我从心里默念着：再见了，白藤坑……

自从对白藤坑说“再见”那一天起，虽然一晃多少个春秋过去了，而白藤坑依山而筑显得苍然的民房，以及顺流而下的竹筏，一直是我心中永远的记忆……

虽然，往事在岁月的变迁中模糊了，我却从在白藤坑工作的老同学口中梦回白藤坑。白藤坑水力发电站，总投资2702万元，总装机23840千瓦，年发电量1.2亿千瓦小时，为老区的建设、潮州经济的腾飞注入了无可估量的动力。

对白藤坑思念的日子，在归湖镇经济的迅速腾飞中，从我的身边像流星一样迅疾掠过。而归湖在每一个历史时期的变化，都化成永恒的美丽停在了那片充满希望的土地上。境域面积128.4平方千米的归湖镇，在以习近平总书记为核心的党中央提出的精准扶贫、不忘老区人民的方针政策指引下，在各级党政部门的正确领导下，在老区人民同心同德、携手共建中，悄然跻身潮安区乃至全市经济重镇的行列……

历史，永远眷顾对白藤坑一往情深的人们。

应归湖镇政府领导热情邀请，我随潮安文联、潮安作协采风团一行，走进归湖，圆了我再见白藤坑，走进老区的梦。

在归湖镇镇长吴文荣等党政领导的热情招待下，在领略了归湖的数处红色景点后，我们驱车直入白藤坑。

望着车窗外莽然的群山，还有宽畅的水泥硬底公路，当年那车轮碾过而扬起漫天泥沙的黄土公路、民工们不时拍落身上尘土的一幕，又浮现在脑际间……不过，那也是一种心中一直挥之不去的怀念。

一道粼光从车窗玻璃照射进车厢，那是一道令人心醉的亮光——身旁，就是写满红色传奇的溪流，我心中日夜思念的凤溪！

客车慢慢停靠在从白藤坑流过的凤溪堤岸上。

下车，我迫不及待地举目故地，寻觅当年我们无数次往返涉足的凤溪桥——那是一道不知道经过几代人苦心经营的桥梁：用一块块原来天然存在或者又用人工堆砌相间有致的石块做桥基，在石块上架上二三条并列的杉木，这就是白藤坑几代人从山外走向山里、又从古村落走向山外世界的桥梁。

任凭我怎么样地极目寻找，仍然见不到当年那道原始的桥梁。而眼前出现的是一座飞架凤溪之上、跨度约70米的钢筋混凝土桥。桥上奔驰而过的是满载欢乐与希望的车流，还有老区人民的笑声……

溪，还是当年的凤溪；水，还是当年那清冽的流水。可让我心中怦然的，还是旧时这道常年发怒冲毁泥土的河堤急漫漶了多少良田房屋的"恶水"。在老区人民和党政部门向贫困宣战，改变老区面貌的铿锵誓言中，现在变成了坚固的石堤，驯服了"恶水"。归湖镇党政领导高瞻远瞩，利用水资源的潜力，将凤溪白藤坑段辟成了"竹漂"项目，成为潮州市乃至粤东独特的"竹漂"红色旅游胜地……

望着满载文友们向青龙潭漂去的竹筏，我迫不及待地走向白藤坑古村落，寻找已然逝去的记忆。

这个名不见经传的老区古村落，由于水力发电站的建成送电，一夜间成了韩江边上一颗璀璨的明珠！成为世人向往的世外桃源。

漫步古村落的村巷，望着一座座拔地而起的楼房和当年古大存率领红军和韩江纵队官兵们曾经住过的潮式民居，和古代文明、当代文明在这里得到有机的融合，仍然显露着农耕年代的古朴与静美。

面对这座归湖最美红色乡村之一的白藤坑，山还是当年的山，水还是当年的水，地还是当年那片土地。红色战士纵横捭阖的红色乡村，原来想对白藤坑诉说的来怀念的千言万语，此刻却是有心无语……

当我还沉浸在对归湖山水，对白藤坑如幻如梦中，老朋友吴镇长难掩兴奋之情告诉我，归湖人民继承和发扬了归湖老区精神，在新的历史发展时期，在十八大以来，根据归湖的独特位置和条件，大胆提出"围绕一条主线，强化三项基础设施建设，推进三项规划，提升三个品位”的总体目标，紧紧把握好归湖镇的生态建设主线。强化教育、交通、水利设施建设、凤溪归湖段生态旅游带规划，以及归湖涝区排涝整治工程规划，依照归湖自然特点，着力提升橄榄、淡水养殖和茶叶三大特色产业品位，力促归湖镇在干群共建海丝重镇，在繁荣老区经济大潮中，在各级党政坚强领导下，举全镇之力，在深入改革开放的春风中，实现新的腾飞……

春风又绿中国梦，春风更绿归湖梦。我相信吴镇长说的在十九大精神鼓舞下，一个更加繁荣的归湖老区，一个更加美丽的白藤坑指日可待！

在怀恋中我走向等候着文友们回归的客车。回首白藤坑，山更绿，天更蓝，水更清，革命老区白藤坑更加优美……

（三等奖　作者系潮州市潮安区农民作家）

罗锅古街的新

冯秋玲

如火的七月，罗锅口村，一把把古扇穿越古街，一身身妖娆的旗袍轻盈，一阵阵哗然的欢笑……百年古墟，情景再现。这里首次举办周末文旅活动，何止是“刷爆屏”这么简单。

广宁县横山镇的罗锅口古村，随着人们乔迁新居，曾经繁荣昌盛的渡口、古街日渐衰败，一河两岸的热闹悄然而逝。闲置的民居、商铺年久失修，幢幢老旧建筑无不一一诉说着历史的沧桑。

在时光追逐中，罗锅口村前临绥江后连竹林，与“竹海大观”的忘忧岛、观竹楼景点相连的环境优势被发现了。当广宁县省级新农村连片示范建设的东风吹到这里，“三清三拆三整治”后，新的罗锅古街展现出深厚的历史文化底蕴，并为新农村连片示范建设树立了榜样。如今，村前村后，道路两旁的竹林围上了竹篱笆，弯弯曲曲的，很有诗意。落日余晖，漫步竹林小径，听鸟语虫鸣，惬意。而重新修缮的罗锅渡头、古街老店、观竹楼、忘忧岛牌坊、木板浮桥等，都让人流连忘返，古韵的罗锅在谱写新的乐章。

这一天，真热闹。游人、商家，摆摊、趁墟、游玩，还有丰富的节目表演。只见穿着汉服的红男绿女，一把古扇穿越古街，衣袂飘飘；那穿着优雅旗袍的腰肢轻轻摇摆，步履盈盈；楼阁上，盖着红头巾的彩衣姑娘，玉指纤纤，轻轻举袖把绣球抛下。楼下一片哗然，男男女女争抢绣球，意趣盎然。突然，悠扬音乐传来，临江风雨亭中，一对手执横箫的母子，面向着潺潺的河水合奏……

渡头、旧街、叫卖声、欢笑声、拍照的“咔嚓”声奏成一首典型的乡间乐曲。古街上，人山人海，游人摩肩接踵，店铺生意红火，重现了百多年前清末民初繁荣昌盛的古圩情景。有在花布市场摆摊的当地村民赞叹道：“罗锅古街有了新活力，我们的农产品、手工艺品可以在自家门前的市场卖，我们有福气啊!”

街上，忆罗锅渡（驿站服务）、汉唐衣魅、横山陶瓷、东山旗韵等老店与游人见面了，泡吧、茶室、咖啡厅、大碗饭堂、单车贵族等老店正在“打扮”中。周末特色服装表演和本土特色商品展也是很吸引人的。例如广宁玉，广宁的特产。悠闲漫步中，我看到古街上的店铺里，映入眼帘的一定是质地温润的精美玉器。色匀纯正的淡绿、碧绿、墨绿色的广绿玉，以纯绿、浅黄、奶白、黄中带绿色者为上品，闪现珍珠光泽、丝绢光泽的最受游客欢迎。“碧绿”“金星绿”“竹叶青”“碧海云天”“坑底冻”当然是最抢眼的了，游客纷纷驻足观赏和购买……价格亲民的广宁竹编工艺品和广宁陶瓷工艺品，是一定要当手信带回家的。

罗锅古街，当然就是一条延伸农业观光旅游的古街……

罗锅古街的新，风情万千。

（三等奖　作者单位：广宁县南街中心小学）

报告文学类

历史总在想象之外

荣笑雨

女儿四岁时在楼道遇到住在对面的医生邻居，医生对女儿说“该该，长大跟我学医吧。”女儿边爬楼边答：“我不光要学一，而且还学二学三。”邻居愣了好久才笑出声来，这种反常的逻辑给出了一个超乎我们想象的答案。如果不是站在特定环境下，以我们惯常的逻辑，显然是很难领会的。

有时，我们难以理解的某种思维方式并不是因为它有多复杂，而是因为它太简单，简单到超出了我们的想象能力。即便面对已有定论的历史，也依然会有一些超出我们想象的细节出现。我们的思维方式只帮我们去理解我们常态范畴内的材料，但非常态的呢?

万里长征，就是在我们难以领会的非常态背景下开始的。很多经历也不是我们惯常的逻辑所能想象的。它的目的也许就像孩子的思维一样简单：学一学二还学三，长征的目的也一样：求解放、求公平、求自由。但为了一个简单的目的，往往需要复杂、漫长、甚至残酷的过程。

1934 年 10 月的中国历史，就是在两种截然不同的社会价值观交锋中走进了一个非常态的拐点——八万六千的人马，在五倍于自己兵力的围追堵截下，开始了一个被称为“二万五千里长征”的悲壮行程。

借 道

都说万里之行难在第一步。铁壁合围下的长征第一脚落在哪里？历史选择了粤北。对粤北的选择是经过对诸多利弊元素的筛选结果。当时，广东省省长陈济棠和南京政府的矛盾渐深，我党对其尴尬处境有所了解，而陈济棠则采取更为实用的处世观。主义归主义，有生意就先做生意，或者一边谈主义一边做生意。红军为筹划军费，将江西的稀土矿卖给广东商人（实际上就是陈济棠控制的生意）。红军粤军一江之隔，各一方主义，却是同一单生意。江面横拉一条缆绳，缆绳上系一条船，两边人不见面，从而不留下任何见面的证据。这边的人在船上装好稀土矿，上面注明斤两，如本船装矿一万斤；那边的人就把船拉过去，卸船后又把钱放在船上，注明钱数，如支付矿款光洋一百块，交易完成。关于讨价还价和斤两不足、克扣银两的商讨争论，也是通过这种不见面的方式完成。因为有这样的根底，中共中央派何长工、潘汉年与陈济棠密谈红军借道广东。作为主义上的冤家，陈济棠当然不想红军进入广东，但更现实的是，陈更不想老蒋借追剿红军之际介入广东。因而对只是“借步行（借道走）”进粤离粤的秘密谈判也就顺利谈妥。因这一部署属高级机密，只直接传达到旅级，旅以下只做暗示性的部署。加上传达命令的速度缓慢，以至于借道途中仍然发生了团以下规模的激战。

10 月 10 日，长征抬起了举步维艰的第一脚，落脚地是韶关。

10 月底，林彪、聂荣臻带着红一军团落脚在韶关仁化的城口。

城口，这是个在中国上座率很高的地名，甚至在二万五千里长征的路途上，这样的地名肯定也不止一个。但历史给仁化这个城口留下的细节却是唯一的。

城口，去过多次，也都为同一个线索同一段历史而来。每次来都会在熟悉的记忆中找到新的细节，得到新的启迪。所以，我从不拒绝故地重游，尤其是那些有过大起大落经历的故地，每一次重游都会让我把历史看得更真切。这次随同中国著名作家作“长征·粤北记忆”的主题采风，与长征相隔八十三年又一次城口重游，早已不记得是第几次来城口了，但肯定不是最后一次。跟很多第一次来、也许这辈子就来一次的作家一样，都会在这里找到藏在历史里的诗篇。

按　琴

1934 年 11 月 6 日，一位名叫林伟的红军战士写下了这样的日记：“……郭辉勉同志会按琴，奏起了《梅花三弄》的曲子。我还是两年前在广昌战役时，听过他的琴声。晚上平静无事，军团就在这个重要的地方以战备的姿态过了一晚。晚上，大风呼呼，天气异常寒冷。”

写下日记的是红九军团的文书，那个“重要的地方”就是仁化城口镇。日记现收藏于仁化县博物馆。这名战士对万里征战的记忆并不是沥血跋涉横尸滩头，而是战友在战斗间隙的按琴，演奏还是意境超然的《梅花三弄》。日记里没说具体是什么琴，“按琴”者，不是古琴就是古筝，在这里是古琴还是古筝已不重要，重要的是那种博大坦然的情怀。试想，战火停歇处，琴声悄然起，捂着伤口的士兵在这一瞬得以温和的感情抚慰，这完全就像导演虚构出来的战争大片中的浪漫细节，但这样的细节在八十三年前的艰难跋涉里就真实存在过了，这难道不应该嘲笑我们的想象力贫乏么？

是的，历史不会固化在有规矩讲逻辑的史册上，每次走进历史每次翻阅史料都会看到新的细节，都会蔓延出新的内涵。

磨　字

也同是在这个十一月，林彪、聂荣臻带领的红一军团进入仁化冷饭坑犁壁岭宿营。犁壁岭村老人刘兆明曾向人们多次讲述这段历史：他的父亲和哥哥曾给红军做饭，红军走后，他父亲把南雄籍战士沈世炎等三名红军伤员背回家养伤。因家中贫困难以负担，他又帮沈世炎安顿在冷饭坑另一户村民家里养伤，沈世炎也从此和队伍失去了联系，就在当地娶妻成了家，中华人民共和国成立后，沈世炎听说南雄乌迳建了红军烈士纪念碑，就带上孙子一起回家看看，不料看到的却是自己的名字赫然刻在石碑上的烈士名单里……沈世炎泪洒碑前，与自己的名字无言相对，然后默默磨去自己的名字。

多少人尸骨无存，多少人在人们的记忆中连名字都没有，只有“红军战士”这样的泛称，出人意料的是还有人是这样被人记住的：人还活着，名字却上了烈士纪念碑。

我能想象沈世炎老人当时的百感交集。抚着石碑，抚着熟悉但一去不返的名字，一手拉着孙子，一手握紧战友。孙子肯定会极为不解地望着爷爷：为什么石碑上会有你的名字？其他人在哪里？你为什么要哭？

孩子，再长大点你就什么都知道了，这就是那一代人的使命。

就是这么一点风吹即过的细节，足以让人击节感叹。采风的过程是收集的过程，也是构思的过程，但没什么比现实生活更巧妙的构思了，即便是写惯了小说擅长虚构的作家也很难构思这样的情节，现实的出奇永远在想象力之外。

想起了一个长征路上出生的孩子。

长征路上的一天，陈慧清突然要生孩子了。早不生晚不生，偏偏在一场激烈的突围战刚一打响时要生了，而且是难产。当时陈慧清疼得满地打滚，身边没有一个医护人员，只有几个红军小战士。仅仅 1 公里以外，军团长董振堂正率领战士拼死作战，眼看着顶不住了，董振堂拎着枪冲回来问：到底还有多少时间能把孩子生下来？没人能够回答。于是董振堂再次冲入阵地，大声喊道："你们一定要打出一个生孩子的时间来！"结果战士们死守了几个小时，硬是等陈慧清把孩子生了下来。

战斗结束后，一些战士经过产妇身边时都怒目而视，因为很多兄弟战死了，但董振堂又说了一句足以载入史册的话："你们瞪什么瞪？我们流血和牺牲不就是为了这些孩子吗？"80 年前，在那样的情形下，一个军人说出这句话，这样的情怀你能想象吗？

这完全就像一部历史大戏的台词。但什么戏的台词能说出这么大的气魄？震撼历史的台词是无需提炼无需构思的。历史给了长征一个这么大的舞台，它必然就会有无愧于这个舞台的台词，这句台词只能诞生在震撼历史的长征途中。

不　详

30 万红军长征，最后剩 3 万。牺牲的那些战士，大部分都没有留下身份信息记录。

1934 年 11 日，在仁化长江镇日头河阻击战中牺牲了十位红军战士，但意外的是居然留下了一份阵亡战士名单：

杨衍荣，红九军团二十师某团八连文书，26 岁，中共党员，江西会昌人。因膝盖被击穿，主动要求留下指挥这场

(长江镇日头河）阻击战。

杨路生，红九军团二十师六十四团班长，30 岁，脚有重伤。籍贯不详。

刘宗有，红九军团三师八团战士，腹部有伤。籍贯不详。

刘序铭，红九军团独立四团战士，29 岁，籍贯不详。

许家兴，红九军团独立四团战士，籍贯不详。

谢振家，红九军团独立四团战士，30 岁，籍贯不详。

刘传钊，战士，23 岁，部队番号籍贯不详。

陈颂华，战士，28 岁，江西会昌人，部队番号不详。

赖运程，战士，29 岁，江西会昌人，部队番号不详。

钟尚标，战士，19 岁，部队番号不详。

……

这是耿飚任团长时的瑞金团战士萧昌河提供的名单。1934 年他因受伤留在仁化养伤，得知长江镇日头河发生战斗后化妆成采药的药农来到战场，找到了指挥战斗的文书杨衍荣并得到了杨记下的这份名单。因经年月久，很多字迹已经无法辨认，仅能复原以上信息。仁化的司法老干部肖生奎为确认这份名单，除了跟萧昌河认真核实名单上模糊的信息，还曾于早年利用工作之便提审过当年的警长和警员作仔细核对。

这十个最大 30 岁、最小 19 岁的人生，留给世界的就是这些“不详”的信息。战争不仅剥夺了他们短暂的生命，也终止了他们的人生信息。这些信息不详的士兵就永远长眠在粤北的土地上了。甚至不难想象他们的家庭可能连如此“不详”的信息都没有得到。

1995 年，王平将军讲起过这样一个故事。当时大部队已经过了草地，突然彭德怀来找他，说还有一个营的部队没有到，让他回去找。王平带着警卫员走到班佑河边时，正是黄昏，玫瑰色的夕阳挂在天边，他远远看见几百个红军小战士背靠着背在睡觉。他当时勃然大怒，走过去就推那些小战士，谁知推一个倒一个，700 多个红军小战士再也经不起体力透支、饥寒交迫，在睡梦中全部死去了。王平将军讲到这里时老泪纵横，他说："你知道那天有多安静吗？鸟都不飞，鸟都不叫。我把他们一个个放平，他们还都是一群孩子呀！"

这群孩子，肯定也属于身份信息不详的范畴了。关于他们，我们只知道"700 多人"这个数据，其他"不详"。

还有一组数据。红军军团长一级的平均年龄为 25 岁，一线作战的师团级干部平均年龄为 20 岁，14 岁到 18 岁的红军小战士占 60%。

作家当然想用采风、用想象来补充"不详"的历史。但历史的"不详"远远超出了我们能想象的范畴，只有当它出现在我们面前时才为之震撼。

红　水

水战役在我们的影视作品里极少反映。它不像四渡赤水那样危机四伏，也不像遵义会议那样波澜壮阔，却留下了更多想象的空间。

1932 年，发生在南雄的水口战役是二次国内革命战争时期罕见的恶仗，又是毛泽东评价的"我们历来就不欢迎这种胜仗"，"因为没有缴获或缴获不超过消耗[1]，"历时三天两夜，作战双方出动兵力共 3 万多人。1. 8 万红军与 1. 5 万多敌军展开这场恶战，双方伤亡惨重。敌军伤亡 3000 余人，而红军也"损伤两千以上"。赢了，但成本很大。战争也是要计算成本的。

两天三夜的苦战，附近的村庄也无法避免地被卷入其中。水口篛过村的村民（均为欧阳姓氏）因在战役中帮助红军送粮送水救伤员，战斗结束后一直受到粤军的追剿。村庄被烧，夜晚依然照红半边天。村民们纷纷离村避难，被盘查时不敢说是篛过村的，不敢说是姓“欧阳”的，只要跟这两条线索沾边必然被抓。

当年参加指挥这次战斗的聂荣臻在回忆水口战役时，道出一个这样的细节：“水口战役是一场著名的恶仗……有的同志夜间口渴，摸到河沟去喝水，闻到一股血腥味，第二天拂晓一看，河沟里的水泛着红色……[2]”

泛着红色的河叫浈江，附近的村人把这段时间的河水叫做“红水”。

红水。放眼望去，漫江红透，这里描述的不是映霞光流枫叶的浪漫红璀璨红，而是流着血、飘着腥的残酷红血猩红。我不仅联想：这不就是“满江红”吗？原来“满江红”还可以这样解释的。夜里闻着“满江腥”，白天看着“满江红”，战斗结束双方军队撤走后，“满江红”依然数日不散。

今天站在江边，回想战场烽烟的作家恐怕也很难想象一江红水向西南的遥远江景。朋友，你能想象吗？历史常常会凭着一丝瞬息即逝的细节震撼后人。

重　读

在梅关古道的陈毅元帅《梅岭三章》诗碑前，采风的作家们在南雄党校党史专家的倡议下诵读了陈毅的《梅岭三章》。“南国烽烟正十年，此头须向国门悬……”。

一群看模样六十出头的老人刚好路过，他们统一着 07 式陆军迷彩军服，都佩戴了“参战老兵”袖标。他们先是看着这群作家，然后停了下来，轻声跟着诵读：“后死诸君多努力，捷报飞来当纸钱。”有时候，这样的诵读难免流于形式，但对这群经历过战火经历过生死的老兵而言，重读，等同于绝地遗书的《梅岭三章》，内心的认同感应该是不用口令的自然入列。

看到他们，作家们的想象更容易“烽烟滚滚”。

这种氛围下对《梅岭三章》的重读“旌旗十万斩阎罗”不再是诗人慷慨激昂的气势，而是艰苦卓绝的三年游击战的原生记录：步步是血，处处是火，时时都与阎罗摩肩接踵。在仁化县文联编辑的《丹霞》杂志里，作者温飞宇在“阅读城口铜鼓岭”写过这样的一句：“读一遍，我感觉硝烟就在面前。”

说得不错，每次重读、重游、重新了解都让人有新的理解、感悟与联想，站在城口的旧战壕想象八十多年前的纷飞战火，“硝烟就在面前”，似乎伸手可触。

长征一共穿越了中国15个省区，翻越了20多座崇山峻岭，走过了30多个急流险滩，在不到2年的时间里，一共遭遇了400多场战斗，平均每3天就发生一场遭遇战，每300米就要留下一具尸体。即使如此，红军依然保持着平均每天25公里的行军速度。所以说，长征是人类历史上罕见的一次不畏艰难险阻的远征，成为世界军事史上的三大远征之首。

而它的第一步，是从粤北开始的。

第一次接触克罗齐说的“所有的历史都是现代史”这句话时，只觉得那就是哲学家对历史观的一种新提炼，觉得它有道理，但不会有切身之感。只有当你进入历史被细节打动时，你才会觉得历史走不远，因为它永远跟我们的现实生活相关。跟历史相关就跟现实相关，也跟未来相关。

“过去的未来在现在，现在的未来在未来，未来的未来在过去。”这是出现在1997年建军六十周年专题片“让历史告诉未来”里的一句解说词。片尾曲里面的几句至今记忆犹新：

让未来听一听心愿
共筑可爱家园
让所有的心拥抱明天
岁岁执著到永远

（一等奖　作者单位：韶关市作家协会）

注释：

［1］毛泽东《中国革命战争的战略问题》。

［2］聂荣臻《聂荣臻回忆录》。

行者无疆

——改革开放四十年粤北山区始兴交通工具变迁曲

张熙恩

车，作为一种交通运输工具，与人民群众的生产生活息息相关。它的出现和发展，既是一个时代发展的象征，又是一个地区社会进步的标志。改革开放四十年来，地处粤北山区的始兴县，和全国大多数县一样，经历了自行车、拖拉机、摩托车、汽车等序列车文化的演进史。在这40年的历程里，车，给始兴谱写了一曲从贫穷落后到小康幸福的经济社会变迁之歌。

小家碧玉——自行车

改革开放之前的那个年代，始兴人与全国人民一样，以拥有一台单车（始兴人俗称自行车为“单车”）为荣，因为它与“缝纫机、手表”组成了当时幸福家庭的“三大件”。那时，国家实行计划经济，物资极其贫乏，许多物资都凭证供应。想要买台自行车，若没有购车指标（俗称“单车证”），就是再多的钱也买不到。因此，拥有自行车自然是极有面子、极有身份的体现，能骑上者也多为机关或公社、大队这些有头有面的“干部”及其家属们。

那时的自行车有“凤凰”、“永久”、“飞鸽”、“红棉”、

"长征"、"五羊"等牌子，价格从100多至200多元不等，统一由国营五金公司凭证出售。其中"凤凰"、"永久"等属于名牌车，身份十分尊贵。

据我父亲回忆，我二姑父家很早就买了一台"单车"。二姑父家住澄江镇谭坑村马岗，参加过抗美援朝，退伍回乡后任村小队长，我二大姑当时是大队接生员。1977年，他们通过县城财税战线里一位老战友的关系，弄到一张"单车证"，花了100多元的"血本"，购买了一辆"红棉"牌自行车。买回家的那天，二姑父载着我二大姑，从澄江墟沿着沙土路一直踩回马岗，沿途的人瞧得两眼放光，羡慕极了。二姑父和二大姑更是兴奋得红光满面，犹如骑着一匹高头大马衣锦还乡，那感觉相当于现今开上了上百万的"大奔"、"宝马"一般。接下来后，不少后生仔纷至沓来，不断登门套近乎，渴望能够借到这台"红棉"单车，为自己相亲、迎亲装派头、撑门面。父亲说，那时相对象，女方爱看你有没有骑单车，有没有戴手表，如两者皆有，此事十有八九能成。迎亲送嫁用自行车，也是那个年代的时髦。70年代末期，我们邻村一个后生仔自由恋爱结婚，动用了七大姑八大姨的关系，硬是借来10辆自行车撑门面，亲自"驾车"领着车队"浩浩荡荡"迎亲去。这"奢侈"的"大排场"，一时成为方圆数里乡亲们茶余饭后谈论的话题。

改革春风吹拂大地，自行车制造业进入空前鼎盛时期，自行车得到快速推广，源源不断"飞入"始兴"寻常百姓家"。数以万计的自行车一起涌上始兴城乡街头，那壮观景象至今仍留在上了年纪的人的脑海里，挥之不去。进入90年代后，外表美观、新颖，以运动、休闲为主要用途的山地车、变速车（也称赛车）成为始兴年轻人追逐的新宠。世纪之交，随着摩托车大量进入家庭，自行车也渐渐淡出了一枝独秀、独领风骚的历史地位。

山区宝贝——拖拉机

20世纪80年代，拖拉机也一度成为始兴人眼中的“奢侈”交通工具。原在某边远乡政府工作的一位老同志告诉笔者，七八十年代，乡里干部下村乘坐的“专车”大多为拖拉机。拖拉机马力大，载重多，又快捷，比起人力车来，的确优越得多，自然成了普通百姓眼中的“宝贝”。

始兴山区交通设施建设起步晚、发展慢，八九十年代仍有许多山区和道路路面窄小、泥泞坑洼。因此不少“老少边穷”地区村民爱用拖拉机来载客。在“晴天一身土、雨天一身泥”的山区崎岖道路上，拖拉机却能大显神通，将其优越性发挥到淋漓尽致。拖拉机载客一度成为始兴山区一道奇特的风景。每逢墟日，但见一台台拖拉机载着满车乡亲，从四面八方的山村鱼贯而入墟镇，一排排停靠在街边，煞是壮观。农村遇有红白事，东道家也爱请拖拉机来接送客人。小时候，外婆家住在离澄江墟30里外的方洞村，我是深深体验了坐这种交通工具的滋味：盘山而上，一路颠簸，翻江倒胃，有惊无险。虽然乘坐拖拉机这种交通工具令人不甚舒适且存在较大的安全风险，但在山高水远的山区，条件艰苦，没人很愿意用“11号车”（即两条腿）行走的。

城乡新贵——摩托车

随着时代的推移，一种更轻便、更快捷的交通工具——摩托车面世了，并很快就以独特的魅力征服了广大城乡朋友。摩托车也与“彩电、洗衣机”一并成为90年代的“三大件”。

改革开放初，始兴公安、邮电、林业、财政等单位及其乡镇基层站所就开始配有“幸福”、“雄狮”等牌子的两轮、三轮摩托车，率先喝上了“头啖汤”。在我的脑海里，至今仍清楚地记起儿时这么一个情景：邮递员叔叔开着一台大马力的“幸福”牌二轮摩托，一路轰鸣着驰过泥沙路，卷起长长的一溜尘烟，旁人为之捂鼻避让。当时公安派出所、林业站的三轮摩托车更厉害，三条大汉坐上，威风凛凛，犹如电影中常见的警察追犯人镜头，令人好生羡慕。

到了 90 年代初期，随着“嘉陵”等牌子摩托车面世，摩托车渐渐揭掉神秘的面纱，开始进入始兴的一般经商家庭，城乡开始看见越来越多摩托车穿梭往返运载货物。世纪交替之际，随中国摩托车制造业的蓬勃发展，人们生活水平的日益提升，“五羊本田”“大阳”“飞鹰”“豪爵”“铃木”“力帆”“钱江”“轻骑”“山阳”“珠江”“宗申”等各种牌子男、女装摩托车源源不断进入始兴千家万户，宣告“摩托车时代”已经来临。到了 21 世纪初，城乡一户家庭拥有一到两辆摩托车已不足为奇了。田间地头支着摩托车，一边干农活的现象在农村是常见的景象。2010 年后，随着国家倡导节能环保，一大批外表和性能酷似“摩托”、不加油只充电的电动车如决堤之势进入了始兴千家万户，这支异军突起的“电摩大军”，因为种种原因，不能在有关部门登记上牌，由此衍生了不少交通管理问题，让交警部门有些猝不及防。据交警部门统计，目前，始兴县摩托车保有量（已登记的）有 12000 多台。另外，估计至少有二三万台电动车行驶在城乡道路上。

交通骄子——汽车

始兴汽车运输事业起步相对较晚，1955 年才建始兴汽车站，由韶关汽车总站派驻始兴县货车 2 辆。改革之初，始兴的汽车以货车为主，有“解放”“奔驰”“东风”“跃进”“黄河”“五十铃”等牌子。当时县长的“坐骑”是一台破旧的“北京吉普”小汽车，县委、县政府其他成员共用几台农民车，其他机关干部下乡用“解放”牌货车。用如今的交通术语来讲，算是典型的“人货混载”违章行为。

改革开放以来，随着始兴县域经济又好又快地发展，国道、省道的不断改建扩宽，“县通镇”“镇通村”“村通村”公路硬底化建设步伐不断加快。特别是进入 2010 年，韶赣高速、韶赣铁路“一高一铁”相继建成，博仁高速及其始兴连接线即将通车，路通财通，始兴交通迎来了“春天”。

据县公安交警部门统计，目前，在始兴县入户的汽车有近万辆，其中小汽车有 7500 多辆，如加上在县外入户的汽车，始兴县汽车保有量突破 2 万辆，与改革开放前相比，汽车保有量增长了数十倍。特别是近几年来，我县汽车数量如火烧温度计——直线上升，每年以 2 千辆以上的速度递增。如今，我们漫步始兴街头，目及之处，车水马龙，“大众”“丰田”“本田”“别克”“比亚迪”“日产”“现代”“奥迪”甚至“奔驰”“宝马”“路虎”等各种品牌小轿车、越野车、商务车如过江之鲫，一辆接一辆。县城开始车多为患，原先显得宽广的马路已经不够用了，如何解决“停车难”问题，是当前摆在县领导桌面上大伤脑筋的问题之一。

这些年，随着国家简政放权，继汽车牌照选号、核发权下放县里之后，机动车考场也即将落户县里，今后始兴人足不出县也能拿到汽车驾照了，“排队考证难”问题也将得到极大的缓和。

随着汽车的普及，驾驶汽车，不再是一个固定职业，已成为现代人所必须具备的一项基本生活技能了。如今，始兴的年轻人，如果没有报名考一张汽车驾照，都不好意思告诉别人。“买车了吗?”“买了什么牌子的车?”这句寄予新生活希冀的话语，将成为始兴新的流行问候语，并折射出这样一个事实：始兴已经进入了“汽车时代”!

（三等奖　作者单位：始兴县委办公室）

万里风采

——记“全国最佳驾驶员”谢文坚的先进事迹

吕文成

南粤大地，有一种大爱之美，每天从全国闻名的竹子之乡跟随着谢文坚厚实的身躯，穿越着层层竹海绿浪，让平凡而高尚的美德绽放出满途繁花。

熟悉谢文坚的人都称他叫谢师傅，是肇庆粤运广宁车站的一名司机，1988 年进入车站工作。他的父亲退休前也是一名优秀的老司机，子承父业，他秉承着父亲乐于奉献的精神和爱岗敬业的情操一路走来。

九点十分，广宁至东莞的班车离发车时间还有 30 分钟。谢文坚走到当班司机跟前——

“车辆一切正常吗?”

“正常!”当班司机回答。

“行车时记得提醒旅客系好安全带！路上千万别打手机!”

谢师傅每天总是这样来回穿梭于站台的车辆与旅客当中，不厌其烦地提醒着每位即将发车的司机。

“不论你是谁，谢文坚都是直话直说，关系再好的同事也会提醒他!”董钊章是他的老同事，他打开了话匣——

“我们每天都是要求提前半小时到站检查车辆，一些人听起来会觉得他很啰嗦，我反而觉得很有必要需要时刻提醒——你不见路上那些开得慢吞吞的车，当你追上一看，大部分都是在打着电话。所以，为了确保旅客的生命财产的安全，这方面他对我们管得特别严格！”

“他驾车稳重，在整个车站里，他‘慢’出了名堂。”

“9:20他发车中山，9:40我发车东莞，我常常没多久就能赶上他。有人反映他开车太慢，这正是人家的长处，平稳安全。两手抓着方向盘，聚精会神，那规范的驾驶操作，从未改过！”董钊章颇有感叹：“人家30多年行车安全无事故，你以为光靠说出来的！”

谢文坚每天像带着一股春风，在著名的竹子之乡与珠三角之间融融流动。怀着竹乡人淳朴的情怀，温暖着每一个带着梦想远行的旅客。

邓智珊是曾经跟随谢文坚班车的乘务员之一。沿途总会听到他特意的吩咐——

“去帮帮老人家拿点行李，扶好她到座位！”

“记得提醒那位先生，他是某某站点下车的。”

……

通过谢文坚自身的言行和同事对他的评价，你能透过细节看到人心。

邓智珊还深刻的记得，那次他们的班车从广宁发往广州省站，才到达广三高速路段，有位老太太急着小解，要求靠停。离最近的沙贝服务区大约还有15公里，谢文坚察觉到老太太难忍的表情，便对着乘客说：“大家谅解一下，这里离大沥出口最近，咱们让这位老太太先去方便方便！耽误一下大家！”

车上的乘客默默地表示着对他的理解，而更多的还是敬佩。

——这，便是人性之光环！

“从旅客的安全考虑，他也绝不会图方便让乘客在高速公路上下车的！”邓智珊十分了解地说。

在和谐与矛盾面前，更能见证一个人的本性。

谢文坚回想起那一次经历——

还是2007年的夏天，他执行的班车由广宁开往滘口。临近大沥高速出口时，乘务员在车道上喊道："大沥、嘉州广场有没有下车的乘客？"没人回应。当车行至黄岐桥下时，一女乘客猛然大呼停车："干嘛到嘉州广场时不提醒下车？"女乘客站起来大发雷霆，对着乘务员骂个不停。谢文坚见状说："不好意思，这样好不——我补你10块钱，麻烦你自己搭乘摩托车回去？"其实客车过站不到一千米，通常5元的车费已足够了。女乘客死活不肯，并嚷着要向领导投诉。最后，谢文坚只好折回车辆，把女乘客送回了目的地。

"首先，是我们不对，不是我们没提醒乘客，或许是我们在提醒乘客时他们正打着瞌睡，我们要多留意多提醒！"

谢文坚直言不讳地批评女乘务员，谁料女乘务员不但不接受批评，还反骂一通。突然，有一位小伙子站出来："人家又不是说你对与不对，只是提醒你、建议你，你不但不接受还反骂人家！"此刻，女乘务员平静了下来。

当时女乘务员带着情绪上班，谢文坚心里明了。他也深深体会到刚才小伙子的一番话比自己说一百句还要好得多！

这个世界总是在理解的同时也存在着误解，各种矛盾的化解不仅在于共识，更在于忍让。

2017年，谢文坚被提升为生产办副车队长。他常常叮嘱司乘人员："必须怀着好心态，带着好心情回到工作岗位。"

他总是这么想——

作为管理人员，除了狠抓安全生产，也千万别给司乘人员额外的心理负担，别坏了他们的心情——他们代表着车站的形象，更紧握着所有旅客的生命安全和企业的财产安全！

其大无外，其小无内。

制度以外的人性化管理是企业和员工得以和谐共进的最灵

效的催化剂！

大多人看来，司机是一个平凡的职业。而在谢文坚身上，却有着一次又一次不平凡的经历。

1986年，龙舟水尚未退去，天空的乌云掩盖不了肇庆一山一水水墨般的朦胧之美。

那天，谢文坚驾车路过肇庆二塔路段，三十米开外的桥栏边上，有三个女学生与一中年男子正在争论着什么。旁边围着二十多人，个个神色慌张，对着桥下指指划划。谢文坚察觉到异常，赶紧停好车跑了过去。见到桥下一名女学生正在暴涨的河流中浮浮沉沉，不断挣扎。“谁去救救她呀?!”围观中有人呼喊着。谢文坚见状，不假思索赶紧脱下衣服，推开人群，扑通一声跳进河里。女学生出于本能反应，狂抓着他的头发，几次将他压下水面，污脏的河水几次呛进他的喉咙。

“我虽然水性好，但未遇过这样的场面!”他回想起来还有些后怕——毕竟是三四米深的河水呀!

几经周折，小女孩终于被他救上了岸。

但小女孩已不省人事，累得半瘫的他紧接着为她做胸压、做人工呼吸、按人中穴……反反复复。此刻，他把平时掌握到的心肺复苏术操作得淋漓尽致。

小女孩终于在众人的期待中苏醒了过来。她的姑妈走到谢文坚跟前，紧拉着他的手连声道谢，并掏出三十八元塞给他，被他婉然拒绝，然后在众人的掌声和赞叹声中悄然离开……

我们时刻在传扬着社会美德，但在需要救死扶伤、见义勇为的关键时刻，能毅然站出，才是真正体现出一个时代的精神和人性的光辉，谢文坚做到了。

1995年9月8日，谢文坚执行番禺至广宁的班车任务。因广宁沿途有路段维修，便绕行x418线回广宁车站。当行至S350线中华路段时，200米开外下坡路段，一辆挂粤A牌广州二汽102车队的大客车，因失控瞬间翻落至右侧70多米高的田地里。眼前的一幕一下子绷紧了他的神经，他赶紧加速靠近出事地点，找到安全地方停下来。

“来，老人小孩留下！咱们赶紧救人！”他发动全车乘客参与抢救。

当他跑近事故车辆处，发现伤员众多。便赶忙带着自已车上的青壮乘客，三人一队、两人一组地来来回回将十几名伤员背上公路。谢文坚已被折腾的喘不过气来，他拖着疲惫的身躯很不放心地再一次回到事故车上搜索伤员，突然，他听到嘤嘤的微弱声音，稍定神色，他听到了声音的来源——在一张被撞弯的椅子下面，一个红衣少女被压得奄奄一息。她痛苦地用手捂住腹部，指缝渗着血。谢文坚立马查看了一下，发现她的肝区位置被扎了个小孔，血在不停地流。谢文坚立即唤来乘坐自己班车回乡的堂兄，合力把椅子掰开，及时将红衣少女抢救出来，从陡峭的斜坡把她背上公路。在及时赶到的救护人员和各部门成员的协助下，所有伤员得以及时救治，为挽救旅客的生命财产安全争夺了第一时间。

然而，当时交警部门在了解事情经过时，曾一度将谢文坚误认为是相关的肇事者，车辆与证件被扣留了十多天。后经调查取证，总算还了他一个清白。

“我虽然受了很大的委屈，但我问心无愧。有那么一天，当我遇见危难时，我还会挺身而出！”他把自身至真至善的本性说了个透彻。

像悠悠的绥江之水清澈见底，像满山挺拔的翠竹在风中发出的声音——清脆、响亮！

总忘不了1998年那个酷热的中午。谢文坚驾驶的班车开往番禺，到四会荔枝湾地段已经满客，车辆在平稳地向前行驶。

到了四会新岗路段，安静的车厢内突然听到一声惊叫，他本能地从内后视镜扫了一眼，只见七名手持钢刀的青年吆喝着旅客："快把钱拿出来！"不一会儿，死寂的车厢内所有乘客被洗劫一空。

"能把证件还给我吗？我头一天去上班要用证件！"一名小伙子颤抖着声音向劫匪哀求！

"想要证件？拿钱来赎！"劫匪嚣张至极，并命令司机停车开门。

五马岗大桥出入人员较少，可见劫匪早已看准了时机。此时谢文坚果断停车，抡起一根平时换轮胎用的钢管一手打开了车门。劫匪向他一拥而来，他一个箭步跳下车门紧握钢管拦住他们的去路："你们不把旅客的钱物交出来，我是不会放你们走的！"他将一切置之度外，大喝了一声。最前头的一个彪汉挥刀冲下来，平时爱习武的谢文坚给他拦腰扫上一棍，回头再来一棍直顶彪汉喉咙。半瘫的彪汉不断求饶，吩咐同党交出了所劫财物，然后四散逃跑。

"等着养家活口用的证件被你劫了还想要钱来赎？天理何在！"看见旅客没有受到伤害，大家也把自己的东西都拿了回去，谢文坚虽然松了一口气，但还在愤愤不平。

顿时，车厢内像涌满了一股正气之风，喝彩不断，赞叹不绝……那个要回证件的小伙子热泪盈眶，向谢文坚连声道谢。

每一个远行的人，都有一个想圆的梦。每一个梦都缀满了星星，有了星星的闪耀，梦想才不会破灭。

谁又是你圆梦的守护者？

一个从别人利益出发的人，一个从公共利益出发的人，一个从国家利益出发的人，他该是何等之高贵！

谢文坚的人生旅途总有那么多动人故事……

2004 年，他在车上拾获公文包一个，内有证件及人民币一万多元，主动归还了失主；

2012 年 9 月 1 日，为乘客在班车座位上找回钱包一个，内有现金 2900 元、银行卡数张以及港澳通行证等重要证件；

他曾经一次又一次地慷慨解囊，每次拿出三千、五千、甚至一万多元，资助了身边一个又一个有困难的人。

……

在别人困惑的时候，他总是充当着一束曙光。

有时候，一些看似微不足道的事情它更能映照出一个人的品格。

那天，准备收班。乘务员在打扫车上卫生，谢文坚看到地下有个利是封，半开玩笑地说："看看利是封里有没有钱？"乘务员捡起利是封打开一看，里面果然装有一百块钱。于是他把利是交到了车站办公室。后来，办公室里来了个老太太，笑着问值班人员："请问有人捡到我的利是没有？"那神情显得有点尴尬。旁人看来，这事情会有可能吗？"有！"值班人员经过核实，老太太终于领回了她的红包。"说实在话，我真没抱多大希望前来的！"值班人员把事情的经过告诉了老太太，她笑着说："真没想到，坐你们的车竟然连红包都能找得回来！"

人文精神，是时代的尺度，体现着一个时代的风貌。

三十多年来，谢文坚安全驾驶三百多万公里！

他把竹乡人民淳朴稳健、敢为敢当的人文精神传遍了大江南北。

他先后获得广东省汽运集团公司安全行车百万公里先进驾驶员、广东省粤运交通公司先进个人、肇庆粤运安全行车 200 万公里优秀驾驶员、肇庆市最美驾驶员、肇庆市 2014 年第一季"身边好人"、2015 年首届全国道路行车百万公里驾驶员劳动竞赛"全国优秀最佳驾驶员"等光荣称号。

2017 年 11 月 23 日，全国道路运输安全行车百万公里驾驶员竞赛颁奖仪式在北京举行，评选出“全国最佳驾驶员”三名。在仅有的名次中，谢文坚的名字被闪亮刷新！他也是广东省唯一一名站上领奖台的获奖者！

广东省粤运汽车集团董事长禤宗民风趣地对谢文坚说：“广东三件宝，司机、医生、猪肉佬。现在你就是我们的宝！”

“自从我第一次得到荣誉起，我就感到担子的重大，做一行爱一行，时刻从旅客生命财产安全着想，时刻提醒自己要起到带头作用、表率作用！”谢文坚由衷地说。

和畅的竹风总是轻抚着深情的大地，他却把人间的真爱洒满了万里征途……

（三等奖　作者单位：广宁县文联）

路的追忆

——郁南县老区公路建设发展印象

罗荣南

开篇语

路，无论大路小路，山路、直路、弯路、还是公路、铁路和近年来兴建的高速公路、高速铁路以及那些千姿百态、用途各异的“路”，人们早已不再陌生。就连屈原当年仰天长啸“路漫漫其修远兮”、鲁迅先生谆谆教诲“地上本没有路，走的人多了便成了路”等人生哲理，也早已不再鲜为人知。

笔者于20世纪60年代出生于郁南县一个偏僻小山村。小时候认识的路是唯一的山村羊肠小道，青少年时代读了中学，才认识能通汽车的公路……

最近，广东省老区建设促进会举办讴歌老区征文活动，县老区促进会的孙志鹏会长找我谈话，要求我写一篇关于公路建设发展历程的文章。笔者苦思：“这么大的题材，时间跨度又这么远，能写好么?”可转念又想：“近半个世纪的变迁，笔者在郁南‘生于斯、长于斯’，见证了从山村小路到沙土路面的公路，再到混凝土路面公路、高速公路……”最后，还是接受了重任。

一、走在纵横交错的公路上

初夏的一个上午，阳光明媚，晴空万里。笔者驾车深入采访，首先围绕郁南县境大小公路跑一圈，对全县公路建设有个更加深入细致的总体了解。

车子从县城出发，经环县路途经各镇而行。环县路虽然不是高速公路，但车子照样快速而平稳，两旁的村庄和翠绿色的山川不停向后疾退、疾退……

都城—平台—桂圩—建城—通门……车子以平稳的速度一往无前。

笔者驾车的速度不算快，可透过车窗看风景的流动，看窗外的山川一点一滴的变化，看忽闪而过的村庄和似曾相识的人群，怎样构就大地上真实的生活图画。平日，笔者搭车经过这些路段的机会不算少，但从没有像本次这么认真观察与思考。

从千官到大湾、连滩等镇，一路上山并不算高，有的地方甚至是一马平川。进入历洞镇，感觉山峦重叠，纵横起伏，山也愈来愈陡峭；进入大方、宝珠镇范围，那山愈来愈高了——感觉在向海拔更高的高原盘山公路前进。

过了宝珠镇，很快又到了建城镇连接上广梧高速公路的出入口站。于是乎，车子飞快地跑上了通往县城的高速公路。路上，100 多公里的时速，多惬意啊！

在路上，公路两旁的一幕幕熟悉美景匆匆置于身后……

宽阔微弯的路面、翠绿的美景匆匆而过……

时穿灯光明亮的隧道……

时跨仿如腾空飞翔的天桥……

笔者沉浸在“乘车路上走，如在画中游”的喜悦之中……

于是，一个个关于近年来公路建设盛事的画面不禁从脑海浮现——

2010年6月30日上午，在广梧高速公路河口至平台段的葵洞服务区，广东省交通运输厅、广西梧州市、广东云浮市党政主要领导和广东省交通集团的领导共同启动拉杆，宣告广梧高速公路全线贯通。这条快速通道拉近了梧州、郁南与广州乃至整个大西南的距离，形成了三小时经济圈。

2002年9月24日上午，环县路贯穿通门至大全镇之间的“民心路”通车庆典仪式在通门镇圩镇桥头隆重举行，使环县路彻底解决了“肠梗阻”。一幕幕亲历县、镇、村公路建设以及历史纪录的公路建设动人心魄的场面伴随着笔者眼前两旁的美景，匆匆掠过……

二、修筑沟通江河与大山深处的路

郁南县位于广东省西部，西江中游右岸。云开大山的支脉从西南向东北延伸，总面积1960多平方公里。东与云城接壤，南与罗定毗邻，西与广西苍梧、岑溪交界，北与封开、德庆隔江相望。县境地势南北低、中间高，西南为丘陵区。全县环境较为独特，以中部地区大方镇为中心，分为南北两片，大方镇以南为南部片，大方镇以北为北部片。自古以来，山岔起伏，山峰连绵，绿树成荫。“八分山地一分田，半分河道半分村”，就是对郁南县况的准确而简洁的描述。

由此可见，恶劣的山区自然环境，造成了严重不便的交通。唯有值得自豪的是北部片有西江流过，南部片有南江贯穿，成为古时候人们对外交往的唯一通道。

然而，辽阔的内地山区，没有像样的路，人与人之间的交往都成问题，别谈经济发展了。为此，从古时候起，人们就开始为开路而不懈努力。

上规模的开路，据史料记载，从明朝初期修筑西山大道起。

明万历十五年（1587 年）前，今郁南县境的山区，大部分地区由瑶族等少数民族聚居。由于他们喜欢群居于山区刀耕火种，不喜欢与外界交流，因此，一直没有修筑过较宽的道路。

到了明万历十六年（1588 年），陈公瞻岳被朝廷调到罗定州任兵备。他履职不久，就知道这里的交通环境恶劣和风土习俗非常异常。有一天，他打开地图观看，不禁大叹一口气说："啊！这样的地方是不能不治理的。"他指出："凡远近的形势，好像是人的身体一样，治理身体必须使血脉流通全身，然后手足能运动才不至于麻木不仁，治理民政，必须远近交通流畅，然后才能上情下达而无恶人从中阻梗。现在新编户的百姓不能到达县城，等于手足不属于自己的身体，如果今天失去治理，以后岂不会变成病残痼疾的人吗?"因此，他请求大参戎侯德源公，极力要求修路之事。侯德源公即转请制府，从而令饬州大夫潘君、士绅等，由西宁县官林致礼总理其事，分委许应明办理。许应明很乐意，即号召所部兵民勘测地方，定期分程完成任务。于是斩荆棘、伐树木、铲险除危，把地削平。这比起《诗经》所说："作屏就平"的困难，也有相同之处。

明万历十八年（1590 年），开通了从西江岸边罗旁口起经西宁（今建城镇）县城、沙隆、冲火、封门（今通门镇）、甘泉亭、大伞达罗定东营的西山大道，全长 13240 丈、宽 1.2 丈，用竹木架设桥梁 85 处，使罗定州城通过内陆大山连通了西江。这是郁南北部片与州治及西江沟通的首条主干道。

紧接着，又修筑新西山大道。此道东从罗旁口接西江，上溯可达广西梧州，下通肇庆等地，南可连通高州地区，且修有若干分支路与罗定州城及各关隘险地相连，与东安（今云城）东山中路构成一三角钳形交通纽带，同时，成为贯穿今郁南南部片的陆上交通干线，从而促进了陆路、江河沿岸地区的经济发展。

新西山大道，从封门（今通门镇）接旧西山大道起，经黄五口、冲耕坪、白石、畲滨、夜护、加益、函口、怀乡等地，全长214公里，用竹木架搭桥梁143处。

明万历十九年（1591年），新西山大道正式开通。就这样，自古以来荒蛮之地，变成了和平安定而又繁华的区域。陈万言在“新开西山大路记”一文［载于明万历二十年（1592年）秋《西宁县志》］中，对陈公瞻岳修筑西山大道给予高度评价，写道：“……陈公瞻岳开辟大道之功，真是万世之福啊！古时大禹抑制洪水而使天下平安，姬公驱逐戎狄而使百姓安宁，大圣贤从来的作用，不是普通人所能比拟的。古语云：‘有非常之人，然后有非常之事，有非常之事，然后有非常之功，言非常之功者，必非常之人乃能建也。’以陈公瞻岳比较验证，我深信了……唯有根据事实直言写出，而给作志史的人知道陈公瞻岳的成绩，实不在抑洪水、驱戎狄之下而已……”

三、那人海战术热火朝天的修路热潮

翻开《郁南交通志》就可一目了然。郁南皆因地理环境制约，修筑古步道时已经落后其他地方，修筑公路也不例外。民国十年（1921年），郁南还没有像样的能通汽车的公路。人们购销货物，只好用肩挑到河边，再用小船运输……那种辛苦状况就甭提了。

民国十七年（1928年），赵文饶主政郁南，始奉命倡议以民办集资形式修建本县公路。同年9月召开首次公路会议，成立县公路局。筹划开辟的公路有：建城至都城、都城至平台、大湾至南江口、都城至广平（广西）、“郁信”等公路。

那时候，机械设备十分落后，没有推土机，没有压土机……挖土、填土、压土等重体力活儿，全部靠人力，打的是人海战术大仗。

时至民国二十四年（1935年），先后建成“郁都”“都广”（卧龙辽至桂圩路段），“大江”公路等沙土路74公里，并能通汽车……

中华人民共和国成立后，百废待兴，县委、县政府把公路建设纳入全县重要中心工作来抓。

这是一组大掀公路建设热潮的数字：

1950年初，为全力支持解放海南岛及大西南地区，县政府动全县之力组织广大群众，抢修大江公路古逢至南江口路段，并同步开辟大湾迳口至塔脚公路11公里，连接了大江公路，称之为塔江公路，全程62公里。

1952年，中央交通部华南修路指挥部，把广海北线罗定至信宜段改线，其中路线途经有原属本县辖区的加益区牛头至金充段21公里施工，组织5000余人，组成34个民工中队，夜以继日奋战在建设工地上，于1954年7月竣工。

1954年11月，全县大掀重新修复和新建公路热潮，成立郁南县修复公路指挥部，修复大湾至南江口公路。全线出动3000余名民工投入抢修，使工程得以如期完成。与此同时，对北部片的都城至桂圩、建城、平台3条旧公路，全线进行了修复。新建千官至水口10公里和建城至冲旁16公里等新路。

1958年，发动8000余人投入施工，开通水口至都城线冲旁至千官路段34公里。其间，连滩、簕滨也派出1000余人投入支援，使之施工声势浩大。

“文革”期间的10年，郁南公路建设始终没有停止。其间，新建公路234公里，桥梁30座，渡口2个。尤其是1969年，宋桂号召广大群众义务筑路，开通宋桂至罗安16公里公路。同时，又以“小三线”战备工程，兴建均冲和南江口2个机动车渡口，从而沟通了郁南与邻县、乃至邻省的公路网，结束了“车到郁南尽头路”的历史。

然而，这些公路，都是沙土路。

雨天一身水，晴天一身尘，仍是奔跑郁南公路的真实写照。

何时才能告别“雨天一身水，晴天一身尘”的历史？郁南人民在期待……

四、奏响硬底化公路建设交响曲

交通，交通！何时才能更加发达？郁南人民在呼唤、在期待。

平台、桂圩、建城、通门、宝珠、大方等镇，地处郁南中部和北部片，是粮油、水果、木材和药材的重要生产基地。长期以来，由于地处山区，山高路窄，加之大部分村级只有简易机耕路，有的村甚至机耕路也没有，不仅这里丰富的物资运不出去，外面的资金也难以进来。

改革开放后，交通发达地区，百国衣冠、五洲肤色接踵而来。开发园区热浪袭人，郁南人民无不羡慕，但又只能望山兴叹！

于是，县委、县政府为了改善投资环境，注重抓好县、镇、村三级道路的开通。公路建设以提高质量等级，发挥社会经济效益等方面发展，继续贯彻“民办公助”“民工建勤”的公路建设方针。

地处西江沿岸的都城、罗旁、南江口等镇，历来交通运输靠西江水路。因此，水路优于陆路。1988 年前，县城与罗旁、南江口镇还没有完整互通的水泥硬底化公路。人们和公务活动交往经西江水路，耗时较多，效率较低。

1989 年，县委、县政府为了彻底扭转这种局面，重点建设南江口至都城硬底化公路，沿西江边而行，途经罗旁，总长 38 公里。

与此同时，各镇党委政府以集资、贷款、国家补助以及群众以资代劳等形式，开通镇与镇之间的硬底化公路。

据《郁南县交通志》记载：从 1979 年至 1991 年，全县新筑公路 89. 8 公里，铺筑水泥路面 44. 7 公里，铺柏油路面 16. 4 公里。

至此，虽然实现了镇镇通公路、大部分村通了机耕路的目标，但要实现镇镇、村村（指行政村）通硬底化水泥路的目标还有相当大距离。

1994 年，县委、县政府提出“建设大通道，改善大环境，促进大发展”的优化交通工作思路，把公路建设作为基础设施和改善投资环境的重点工作来抓。这是人类历史上县、镇、村三级公路最高速发展的时期，值得大书特书。

郁南县分为南、北两片，自古以来，历代官府都想方设法通过环县陆路 + 水路融会贯通，促进社会各项事业发展。然而，开通硬底化水泥公路环县路，难度最大路段要数通门镇至千官镇（原大全镇地段）地段了。

难度在哪儿？先让大家看看资料：

通门镇，三面被连绵不断的大山脉包围住，山高坡陡。尤其是从县城去通门镇，要攀上一个又一个九曲十三弯的大岭顶，然后再下坡。也许是大岭封门的缘故，明朝之前把通门叫作封门。相传，清康熙年间，有位地方官去封门，亲历鸟儿都难飞过的大岭，于是冷笑了几声，略思片刻，反其意说了一句："哪像封门啊？分明是通门啊！我们来到这里不是照样畅通无阻啊！"

此后，封门易名为通门。

此后，这方水土的人们一直都在为开路而奋斗。

20世纪50年代，虽然开通了县城通往通门圩镇的沙土公路，但汽车爬坡上大岭时，其速度仿如蜗牛爬行……

人们骑单车路过此地，那辛苦程度就甭提了。

从通门圩镇通往大全这段路，既要爬行险要的山坡，又要途经陡峭的石山，开路工程十分巨大。为此，当地公路部门虽然不知多少次向上级请求打通交通瓶颈，却始终无法实现，这段路一直成为环县路的"肠梗阻"。

1996年上半年，通门镇委、镇政府在"建设大通道，改善大环境，促进大发展"的浪潮推动下，不能安于继续行走沙土路的现状了，下决心修筑本镇辖区的硬底化水泥路。

政府支持、群众集资、以劳代资等建路方式，继续在这里应用。

可是，庞大的建路资金，艰巨的建路工程，仅靠当地的资金和人力，只是杯水车薪。

建路工程打打停停，进展十分缓慢……

2001年6月5日晚上9时30分至6日凌晨，通门、大全等镇遭受了百年一遇的罕见特大暴雨袭击，降雨量达到250毫米，造成山洪暴发，山体滑坡，房屋倒塌，道路受浸严重损毁，供电、供水、交通、通信中断……

灾情发生后，县、市党政主要领导、各有关单位领导亲临通镇指挥抢险救灾工作……

同年6月8日下午，时任中共广东省委常委、常务副省长欧广源和省政府秘书长陈坚受时任中共中央政治局委员、广东省委书记李长春的委托，率领慰问团深入到重灾区通门镇，向灾区人民表示慰问，并了解灾情。

同年6月9日下午，李长春书记和省委常委、省军区司令员刘国裕少将一行来到郁南县，在市、县主要领导的陪同下，深入到重灾区通门镇慰问和了解灾情。

李长春书记回到省委后，非常记挂通门等镇的救灾复产工作，指示省交通厅的领导支持修好通门至大全镇的全部水毁公路，将原沙土路改造成混凝土结构路面。

同年6月13日，时任省交通厅厅长张远贻等厅领导受省委、省政府的委托，亲临通门镇等灾区视察后，与各有关部门商讨，确定修建公路工程方案：决定由地方负责建设路基，由省出资金并委派长大公路工程有限公司负责建设混凝土路面，整个工程预计在2002年9月完成。

同年6月19日下午，“修复通门至大全镇水毁公路的开工仪式”在通门镇隆重举行，县、镇及县直各有关单位主要领导、社会各界人士共800多人出席了开工仪式。这天上午，广东省长大公路工程有限公司从广州开来了3台大型钩车、3台推土机，直达通门镇修建公路现场。这些机械挂着写有“奉省委、省政府、省交通厅命，广东省长大公路工程有限公司赴郁南灾区救灾复产”字样。在开工仪式上，县委、县政府对省委、省政府的大力支持表示衷心感谢，对长大公路工程公司表示热烈欢迎，并向他们不畏艰苦到崇山峻岭的这里救灾的精神致以崇高敬意。长大公路工程公司代表、机械部长田可兵表示：要坚决按时按质完成任务，决不辜负党和人民的重托。

在修建公路过程中，通门、大全两镇党委、政府大力支持，派出党政领导及干部协助做好各项有关工作。沿途有土地及农作物的群众，做到高风亮节，无私奉献，使工程得以顺利进行。

2002年6月13日，时任省交通厅厅长张远贻一行13人，在市党政领导、有关部门领导等陪同下来到郁南，在郁南县党政主要领导的陪同下，深入到通门、大全镇公路修复建设现场检查了解建设情况。张厅长看到受灾时崩陷断裂的旧路已变成了平坦公路路基，且改造工程正热火朝天的景象时，脸上露出了欣慰的笑容。

同年9月19日上午，李长春书记来到郁南县连滩镇视察，就小城镇建设问题进行调研。李长春同志在短暂的视察中，牵挂着通门等镇的灾区人民，专门向县主要领导询问灾区重建家园建设以及公路建设情况。当李长春书记得知灾民已住上了新居，生活一切正常，公路已竣工并定于本月24日举行通车仪式。灾民群众为感谢党恩将该路命名为“民心路”等情况后，十分高兴，连声称赞县委、县政府工作做得好，真正为民办好事实事，实实在在地践行了“三个代表”重要思想。

同年9月24日上午，贯穿通门至大全镇之间的“民心路”通车庆典仪式在通门镇桥头隆重举行。这天一大早，通门镇桥头红旗招展，锣鼓喧天，雄狮起舞，彩带飘扬，人们喜气洋洋从四面八方汇集。省、市有关部门领导、县四套班子领导和各镇党政主要领导等1000多人参加了庆典仪式。

“民心路”的称谓，是郁南县委、县政府根据广大群众的意愿而命名的。确定名称后，在公路两头出入口处各建一个路碑，刻上“民心路”三个醒目的大字；在通门、大全两镇交界处的甘泉坪建亭子一座，在亭上刻有“感恩亭”三个醒目的大字，以此作为纪念，让全县人民世世代代铭记共产党的恩情，感谢共产党赐予的恩德，感谢各级党委、政府以及各有关部门和广大群众的大力支持和帮助。

“民心路”由地方政府投入800多万元负责路基建设工程，省交通厅投入3800多万元负责桥涵、路面建设工程，按地方公路山岭重丘二级路的标准建设施工。该路的建成通车，既解决了环县路的“肠梗阻”，又彻底改善了通门、大全两镇山区群众的交通运输环境。

南江口至连滩镇的公路，担负着南部片连滩、东坝等6个镇的运输重任，路面拓宽改造，铺设混凝土路面工程等，同样任务重、工程大。

该工程要劈通改直两个著名的大岭：一个叫古蓬岭，一个叫石基岭。

古蓬岭，古时候就以阴幽险峻著称。唐朝著名诗人、武后时为尚方监尉宋之问（656—710），因依附张易之，被贬到泷州（今罗定）充军。他乘搭木船从南江河而入，经过古蓬岭河段时，目睹周围阴幽险峻之景，写下《过蛮洞》（蛮洞，即大山坳）一诗：“越岭千重合，蛮溪十里斜。……”地势之险峻，可见一斑。

在过去历次修路中，只是顺地势而修，路弯曲又险峻，交通事故难免常有发生。1996年，县委、县政府定为全县公路建设年，在“建设大通道，改造大环境，促进大发展”浪潮推动中，以大刀阔斧之劲将公路去弯取直、削岭填洼。

削平扩宽取直古蓬岭、石基岭，这是当地人类历史上的伟大创举。

动工这天，建设者们从四面八方汇集工地，挖土机、推土机、压土机……各种各样机械应有尽有，在古蓬岭、石基岭一带建路工地沿线奏响了一曲曲雄浑的工地交响乐！

开山炮、机械声唤醒了崇山峻岭。

用沙石填高路基、拓宽路面，使坎坷成为坦途。

工程车来回飞奔，铁锤声叮叮当当，夯路机嗡嗡轰鸣着。

有的地方山高路陡，运输的汽车一时开不进去，他们就用手推车推拉，手推车也推拉不了的地方，所用材料就全靠人们肩扛手抬。

不畏艰苦的建设者们像猛虎下山，削平山岭，填平山坳，跨过溪河，化崎岖为坦途……把被高山包围的地方变得四通八达。

昔日声名远扬的古蓬岭、石基岭，永久从郁南的地理环境消失了，留下的只是文字记录。

南江口至连滩公路拓宽改造的完成，既大大缩短了里程，节省了燃料和时间，又加快了南部片各镇小城镇建设步伐。

郁罗（郁南县城至罗定）线，又叫水长线，也叫省道1965干线。从县城都城镇均渡口起，经建城、宝珠、大方、千官、大湾镇，沿线从东向西贯穿县境，全长84.5公里，属郁南县境最长的公路路段。

1996年前，全线路面为沙土路。“晴天尘土飞扬，雨天水花飞舞”，就是行走该路段的真实写照。

更有甚者，该路段全线都是山区公路，弯过弯，山过山，岭过岭，上高坡，下陡坡，险象环生。尤其是宝珠镇与大方镇相交的大社岭，陡坡险峭，弯多路窄，交通事故常有发生……据传，不知有多少次，有的外地司机开车上到大社岭中段，就被险要的路况吓呆了，把车停在路边不敢开了，要找当地司机把车开下山脚。

往事如梦，不堪回首。

1997年，县委、县政府及公路交通部门对此路段按重丘岭二级公路进行升级改造。因沿途跨山越岭，山高林密，扩路设计以原路为基础，尽量少损耗树林和植被，只是扩宽路面，部分地段去弯取直而已。

整个公路改造工程建设，没有大动土木的场面，没有人海战术的场面，基本实行机械化作业。到2000年，全部工程完成。改造后的公路全长76.35公里，与原来相比缩短了8.15公里。路面宽8至24米（镇政府所在地过境公路24米）。

如今，坐车行走在郁罗公路上，虽然没有高速公路那么开阔平坦，却另有一番特别的感觉：

饱尝两旁绿油油林果美景！

呼吸那天然大氧吧的氧气！

亲历“人在路上走，如在画中游”的感受！

建城镇是个名副其实的古镇，人类历史上曾两次设置县城：第一次是南朝齐年间（479—502），设置威城县城；第二次是明万历四年（1576），设置西宁县城。过去，建城水陆交通方便，水路从西江沿岸的罗旁口至入建城，沿途码头林立，人流、商业十分兴旺。陆路从西江沿岸罗旁口开设有专用官道至达建城，途经格木、东二、东一等自然村，全程约 6 公里，铺设石条等，中途还设有驿站。

然而，民国初期，撤销西宁县、设立郁南县县城迁至都城后，官道弃置，水路萧条。不久，建城桂里经栗子江至都城路段，成了建城、通门人民的交通要道。

1976 年初，全县掀起改河、兴修水利建设热潮。县委、县政府决定集全县之力，改造建城至罗旁西江岸边河道，目的是防止汛期西江洪水侵袭。同时，河道上还可以行走农用机械。

就这样，一场规模巨大的人工改河大会战打响了。

全县各地青壮年农民从四面八方汇聚建城，投身改河热潮。

暑假和寒假期间，教师、初中以上的学生也来了，成为改河的生力军。

历时三年多，一条堤路结合的大堤在建城崛起，从建城圩镇起，经东一、东二、格木等村，连接罗旁西江岸边。

可遗憾的是，堤面不能通汽车，只是单一的防洪和行驶农用机械的作用。

堤面如能通大车多好啊！不用跨山越岭可直达县城和连接省道 S368 线。

人们在期盼……

1996 年起，县、镇两级开始逐步对建城至罗旁堤段实行改造，成为堤路结合大通道。改造期间，全程机械化施工，压土、填土……

虽然没有以往人海战术的热闹场面，但隆隆的机械轰鸣声不绝于耳。

此路亦非平坦之路，位于建城与罗旁相交的格木村，经过一段河岸是悬崖绝壁，还有个叫阿公岭，地势险要，在高山相夹的山间有一条狭窄的小石迳，两旁草木稀疏。过去，只在石迳上搭一条小木桥，人们通过小木桥互通往来。

施工人员只有克服重重困难，破石崖、筑路基、造桥梁……

这些危险与艰辛，实在不在其中不知其味。

1999 年上半年，此路段终于建成了硬底化水泥路面、集防洪与交通于一体的过境公路，使县内南、北部片交通缩短了距离。更重要的是，很大程度上促进了建城、通门、宝珠等镇经济发展。

此路段正式通车后不久的一天上午，笔者因事乘车路过此路。在梅花营路段，突然看见有个开着摩托车的中年男人似曾相识，可怎么也记不起他的名字来。过了好大一会儿，才想了起来。他是谁？

原来，1976 年夏天，笔者还在读初中，时值暑假，笔者有幸加入了改河建堤队伍，与同学们一道住在梅花营村的农家旧屋。

那时候，外地来参加改河建堤的青壮年农民同样住在生产队集体地方，如生产队部、粮仓等等。

有一天傍晚，笔者瞧见有一处工地上人声鼎沸，热闹非凡。于是乎，与几个同学一道走近看个究竟。只见一大群人簇拥着两对青年男女，有说有笑。

这是两对参加改河建堤的青年男女在建设工地上举行集体婚礼。

婚礼没有浩浩荡荡的迎亲队伍、没有热热闹闹的吹打弹唱、没有美酒佳肴、没有山珍海味……只有简单的糖果饼干、茶水；没有齐集的亲朋好友道贺，只有共同参加改河建堤的工友前来凑热闹。

单调而枯燥的环境没有窒息年轻的心。

笔者路遇的那位中年男人，就是当年在工地上参加集体婚礼的其中一位。他的容貌轮廓，笔者记忆犹新。

如今，昔日的泥石堤路面变成硬底化水泥路面，他（她）们当年的汗水没有白流、付出的劳力没有白费。

每当笔者乘车路过此路，都会想起曾经在这里付出过辛勤劳动的建设者们。

五、“村村通”改变了乡村农民的出门习惯

“村村通”，就是全县行政村村村通公路的缩写。

1996 年，县委、县政府以空前的大气魄，毅然决定把“建设大通道”作为当年以及今后两年全县的首要工作来抓，并定为公路建设年。县成立专门领导小组，设立专门办公室，配置专职人员。县政府分别与各镇签订“九五”公路建设责任书，明确连续几年坚持公路建设热情不减，劲头不减，投入不减，措施不变，力度不松，再加温，再鼓劲，再创公路建设新业绩。

在“村村通”建设工作中，实行省道、县道、村道一齐

上，新建、续建、改建并举，县、镇、村三级齐动员齐参与，打大仗、打硬仗。

从县交通部门权威数字不难看出，这几年全县公路建设呈现出两个前所未有：

首先是资金投入前所未有。截至2003年，全县投入公路建设资金8.71亿元，其中上级补助27978.9万元，地方筹集5600万元，干部群众捐资2600万元。

其次是公路建设的成绩前所未有。1997年，全县基本实现村村通公路目标，2000年，80%的行政村通了硬底化水泥路。

如今，不但行政村村村通了硬底化水泥路，而且有的自然村也由村民捐资开通了硬底化水泥路。

笔者出生于郁南山村，成长于郁南山村，长期在郁南工作，对郁南的山山水水了如指掌。

不久前，笔者为写好这篇文章，专门深入山村，亲历山村农民的新生活。

如今山村农民的生活与30多年前相比，又有什么不同呢？最大的不同是改变了出门习惯。简言之：“出门不靠两条腿，而靠的是两个轮。”

笔者熟悉并多次到过的建城镇东坑村，位于全市海拔第三高的大历山下，蒙上不少神秘色彩的神仙滩就在其坑尾的半山腰上。从西江边直入，路边绿色的莽莽群山夹着一条九曲十三弯的长长峡谷……

乘车沿硬底化水泥路而入，车在峡道走，如在林中游。此路全长约7公里，究竟多少个山坳和峡谷，实在不得而知。入到东坑村尾，路上遇到过10多辆摩托车，有的单行，有的搭载人，可没看见一个步行的人。

笔者有点大惑不解，问陪同的村干部：“现在村民出村都靠开摩托车了吗？怎没看见行人？”

村干部答道：“是啊，甚至上山劳动都开摩托车到地头了，运肥料或是收获农产品回家，全靠摩托车运载，再不像过去那样用肩挑了。”

笔者留意观察，沿途的地头果然停放着几辆摩托车。毫无疑问，这就是当地农民上山劳动开来的摩托车。

说起东坑村的过去，往事不堪回首。20多年前，一条羊肠小道直达坑尾，途中不乏穿草丛、过树林，跨溪流、越崖壁，历经一个又一个层峦叠嶂、峰路回转山弯。在此路上行走，实有“登上华山一条路”之感受。那时候，村民出村靠步行，买卖货物靠肩挑，要是没有铜皮铁骨神仙脚，实在难以在该山生存。

说到铜皮铁骨神仙脚，还有一段荒诞故事呢。话说很久很久以前，有个神仙听说东坑村景色迷人，专程去看个究竟。谁知，神仙好不容易走进村尾，却如入迷宫，怎么也走不出来。后来，迫于无奈，走到坑尾一处高处，终于看到了山外有江，于是一跃而起，腾空朝西江方向而去……而在神仙腾空而起的地方，留下了深深的神仙脚印。这地方，人们称之为神仙滩。

由此可见，地势之崎岖，地形之险峻。

“要是没有90年代中后期的全县公路建设大会战，恐怕这路永远都是羊肠小道……”陪同的村干部如是说。

是啊，建国道、省道、县道固然重要，可村道也是必不可少的道路，因为它也是最基层群众的连心路啊！这是笔者的感言。

建城镇合村，位于建城、通门、大方、宝珠四镇相交的大山的一个小山村，距上述四镇圩镇约有20公里远。500多年前，这里还是个荒无人烟的地方。山高林密，野兽群集，四面没路……

直到70年代末，才有机耕路通到大队部附近，而到各小村的都是只能行人的羊肠小道。

那时候，扁担就是当地农民的命根子。不是吗？购销货物靠肩挑，送肥料下田下地靠肩挑，收获农产品靠肩挑……

改革开放后，虽然历经多次人力扩路，但终因财力等问题，未能通汽车到各村，部分村只能开通手扶拖拉机等农用机械。

在“村村通”的余力推动下，硬底化村道几乎通到了各村村口，扩宽后能通手扶拖拉机的机耕路通到了各小村，摩托车可以开到各家各户。

笔者每次回乡村老家，眼前都不免呈现这些既普通而又新奇的场面：

村民下地劳动时，开着摩托车到地头。

村民出行购销货物，开摩托车或农用小货车。

更有甚者，绝大多数人走家串户都开摩托车。

然而，过去那种随处可见的肩上压着扁担、锄头等场面，几乎没有了，那种原始古朴的场面，只有永远定格在图片和文字资料上了。

上述只是郁南乡村的几个缩影。其实，这种情形在郁南各个乡村随处可见。

六、“红色之路”的变迁

通门、平台两镇连接广西梧州市苍梧县大坡等镇，沿途山岭叠嶂，弯多峡窄，山内有山，坑内有坑，弯内有弯……一个个多彩瑰丽的场面，构成大森林里的绿色世界。

构成这绿色世界的大山，明朝初期起已开通了一条环山而行的羊肠小道。这小道，从通门接古西山大道，另辟小道至平台，然后直通大坡。从20世纪20年代起，此路就开始行走为解放全中国而勇于献身的革命者。因此，那路经的一座座山、一个个坳，都有一个个红色故事，故称“红色之路”。

1924年11月，中共广东省委决定，郁南、封川（今封开县）两县分别成立县委，钟炳枢任郁南县委书记，龙师侯调任封川县委书记。1928年2月3日，中共广东省委制订《西江暴动计划》，部署在西江上游发动以罗定为重点、郁南为辅点的西江暴动。并要求郁南暴动的中心放在六区（今郁南县平台镇）。暴动起义后，再向四、五区发展，进而向南部的九、十区发展，以便向罗定互相策应……同年4月14日，郁南与罗定党组织共同策划在罗定联合革命武装暴动，准备攻取罗定县城。郁南方面参加革命暴动的有南部的八、九、十、十一区的农军和农民群众，与罗定农军共约1000多人。但因内部泄密，此次革命暴动遭到国民党右派的镇压而受重挫。

紧接着，为保存革命实力，郁南、封川的农军主力，在钟炳枢、龙师侯带领下，从唯一的山路转移到同镬大山隐蔽进行革命活动，利用大山的特殊环境，坚持同国民党反动派作斗争……

1945年5月（《郁南县志》记载公历，没有具体日期；岑彪著的革命回忆录《虎穴八载重》记载为农历3月30日），李济深将军带着儿子李沛瑶和部下陈残云、胡希明、狄超白等一帮民主人士以及一连警卫战士抵达罗定，与蔡廷锴将军商量要事后，接受中共广东省临时工作委员会领导的邀请，在通门与李济深等人会面，表达共产党支持他提出的抗日民主的主张，希望大家通力合作，建立人民民主抗日根据地。

李济深一行为了发展抗日统一战线，接受了邀请，择日从罗定绕山路来到通门，住在“南武”指挥部内。

第二天上午，李济深在“南武”指挥部门前的集会上发表了热情洋溢而又鼓舞斗志的讲话。他在讲话中，以饱满的爱国热情、鲜明的政治态度、洪亮激昂的声音，博得全场军民一阵又一阵热烈的掌声。

李济深和他的随员、警卫队共300多人在通门的“南武”指挥部住了两晚。第三天早餐后，决定回老家——广西苍梧县大坡山（今大坡镇）。“南武”指挥部领导为了李济深等人的安全起见，派一批人马全副武装护送李济深等人回乡。回乡路线是从通门抄近路沿此羊肠小道翻山越岭步行经平台等地抵达大坡山。

直到中华人民共和国成立前，此路仍是只能行人的羊肠小道。

中华人民共和国成立后，当地党委、政府一直发动群众修路不止。

50年代初期，开通了连接广西大坡的公路。

90年代，此路扩宽加固，铺设成硬底化水泥路。同时，开通了沟通各村的道路。

2005年11月，广梧高速公路梧州至平台段全线开通。

宽阔平坦的高速公路，跨天桥、穿山洞、过平地、彻底告别了过山坳、上山岭、下陡坡的历史。

如今，“红色之路”的山不再高，坳不再弯，路不再远……

七、告别横渡西江的渡轮的历史

什么是渡轮？简言之：渡船，又称横水渡、渡轮，是航行于江河、湖泊、海峡及岛屿之间的运输船舶，主要用于载运旅客、货物、车辆和列车渡过江河、湖泊、海峡，是一种短程运输船舶。

郁南，由于西江随县境北缘流过，与德庆、封开县321国道隔西江相望。1998年前，郁南县境没有横跨西江的大桥，去广西、肇庆或广州，车子必须开到均冲渡口或南江口镇渡口，才能连车带人乘坐渡轮过西江，才能上321国道。那时候，从郁南县县城外出，经均冲或南江口渡轮上了321国道，才算走上公路的第一步。

那乘坐渡轮横过西江的滋味，实在不堪回味。

均冲渡口，距县城只有一公里多，属最繁忙的渡口。

先请大家欣赏几个乘坐渡轮横过西江的场面：

客车、货车来到均冲渡口的一端，等渡时间常是："半个钟头好运气，一两个钟属正常，三几个钟不算久"。因此，这三句话是乘坐渡轮横过西江的口头禅。

场面一：渡轮靠码头停稳，大车、小车、拖拉机、摩托车乃至行人，争先恐后上渡轮。有时候，有的车在上渡轮时因左右有车导致不够位，卡住了，既不能前又不能后，争吵声不绝于耳。

场面二：一些汽车司机因长途开车疲劳，在渡口码头等过渡的时间长了，在驾驶室呼呼大睡。当渡轮开到码头停稳后，他们还没醒过来，不知道开车上渡轮，而遭到后面汽车司机的破口大骂。

场面三：在码头做小吃生意的人提着面包、汤粉、水果、饮料等食物来回穿梭叫卖，又如较为繁华的小圩市。

场面四：在码头苦等了一、二个钟头多的汽车司机把车子开了渡轮，以及乘坐客车外出的人随车上了渡轮时兴奋愉悦的心情。

何时才能有大桥横跨西江郁南段？人们在期盼。

1997年5月26日，人们期盼已久的日子终于来临了——南江口渡口横跨西江连接德庆县的西江大桥正式动工兴建了。

西江大桥位于德庆县城东侧和郁南县南江口镇之间的西江河道，是省道S352线横跨西江的特大桥，又是肇庆与梧州之间唯一横跨西江的特大桥梁。该桥被省列为重点建设工程项目之一，它的建设对完善区域内外的路网结构、改善投资环境、加速粤西山区经济发展、加强两岸人民群众的交流和联系都具有重要意义。

建设规模及主要技术指标：德庆西江大桥全长2482.2米，其中大桥长1274.87米，引道长1207.33米，项目总投资1.35亿元人民币。

大桥由省交通厅、市公路局、德庆县、罗定市、郁南县以及香港新世界集团共同投资兴建，出资比例为中方35%，外方65%。由省长大公路有限公司及县公路局承建。

1998年11月14日，主桥段合龙。

1999年1月23日，全桥贯通。

1999年3月底，全桥顺利完工。

1999年5月1日正式通车，彻底告别了靠渡轮过西江的历史。

此大桥通车后，郁南人民去广州及珠江三角洲等地，经南江口过西江大桥，过桥时不足一分钟。这与乘坐渡轮漫长的一两个小时相比，有多大差距呢？

可是，郁南上广西等地，还是要经县城均冲渡口码头过西江。这种局面，何时才能改变？

2007年12月28日，广梧高速公路的配套工程——西江封开大桥正式动工了。

该大桥从距郁南县城2公里远的西江边横跨封开县长岗镇水口村，接321国道。大桥全长1407米，宽12米，属特大桥，总投资1.3亿元，由广东省长大公路工程有限公司负责施工。

2010年4月21日，大桥合龙。

2010年5月26日，大桥正式通车。

从此，终日熙熙攘攘客流不断的均冲渡口变得冷冷清清，辉煌一时的渡轮码头风光不再，人们出行彻底告别了周边的渡轮，唯有昔日的码头仍然默默地守望着潮起与潮落。多少年来，与人们一起历尽风风雨雨的渡轮，成为了历史往事，深深地留在档案图文资料和人们的记忆中。

八、走上沟通大西南3小时经济圈的快车道

郁南人民在长期坚持不懈的修路建桥中，从羊肠小道到机耕路，从机耕路到沙土路，从沙土路到水泥路，再到村村通水泥路及告别出县境乘坐渡轮过西江的历史，使交通工作发生了翻天覆地的变化。但是，皆因没有高速公路贯穿县境，与交通发达的外县相比还有很大差距。

郁南何时才能开通高速公路？这是郁南人民望眼欲穿之大事。

这一天终于到来了！

2006年4月25日，广梧高速公路郁南段建设指挥部举行授牌揭幕仪式，标志着广梧高速公路郁南段建设正式拉开序幕。

贯穿郁南县境内的广梧高速公路，是国家高速公路“7918”网中的第十八横——广州至昆明高速公路的组成部分，呈东西走向，起点位于东坝镇双凤村，途经东坝、连滩、历洞、宝珠、建城、桂圩、都城、平台8个镇，终点位于平台镇古同村，连接广西苍梧至郁南高速公路，路线长约68公里。

自开展高速公路建设以来，县委、县政府将该项工作作为历史性、世纪性、关键性工程来抓，做到“明确一个目标，

落实两方面责任，制订三种办法，强化四项措施。”：即明确县内高速公路征地拆迁的目标任务；落实领导、层级责任制两方面责任；制订征地拆迁补偿、林地林木补偿、奖励三种办法；强化宣传、依法治路、拆迁与征地工作同步、明确补偿费开支与发放程序四项措施。确保了征地拆迁工作的顺利推进。

在高速公路建设中，最大难题是征地拆迁，常有人抱怨：拆迁难，难于上青天。

这也难怪，人类虽然都可能是从穴居过渡而来，但中国人似乎对有墙有瓦的固定居所，怀有更加浓厚的依恋情结。曾几何时，一亩三分田，祖屋数间，可以让普天下的中国老百姓宁愿过着“面朝黄土背朝天”的生活……

广梧高速公路郁南段，总征地面积 7699 亩（含封开连接线），拆迁房屋 280 多间。可见，其工作量之大、难度之大，可想而知。

征地亩数较大的平台镇，总面积达 1720 亩（其中赐步村委 342 亩、古同村委 291 亩），东坝镇约 1393 亩，其中虎岩村委就占了 540 多亩。

然而，在郁南的高速公路建设中，拆迁工作不是没有难题，但进行得总算顺利。不是村民们不想保住祖屋和责任田地，而是他们对国家重点工程建设的那份难得的理解。

几许风雨，几许耕耘，广梧高速公路的建设牵动着多少领导的心，他们的身影不时出现在如火如荼的施工现场：2007 年 7 月 6 日，时任中共中央政治局委员、广东省委书记张德江带着要将广梧高速建设成为“和谐工程、示范工程、阳光工程、样板工程”的殷切希望来了。后来，时任中共中央政治局委员、广东省委书记汪洋来了，时任广东省委副书记、省长黄华华以及省委省政府其他领导，省交通厅、云浮市委市政府、省交通集团以及郁南县、镇、村的领导们也来了，他们无时无刻不关心着广梧高速公路的建设……

各级领导的关怀，使广大群众深受鼓舞，对拆迁工作表示理解和支持，真正做到舍小家为大家。

房屋拆迁最多的建城镇，有183间，分别位于便民和东二村。这里是山村，周围是山岭，风景秀丽，他们的祖祖辈辈依恋着这片大山和清流，守望着能丰衣足食的山地和水田，过着淳朴清静的农耕生活。

当广梧高速公路郁南段的建设动工后，打破了这里的宁静，居住在这里的部分村民必须拆迁。皆因他们建路所占面积大，而这里山高坡陡，不宜建房，要另外选择一个好的安置之处。但这里的村民服从政府安排，另外找新住宅地。公路建设指挥部积极协调，施工单位大力支持，较快地完成了拆迁任务，村子又恢复了往日的宁静。

广梧高速公路作为部省联合实施的勘察设计典型示范工程，广东省交通厅首批科技示范工程，为此，从项目筹建到如火如荼建设的全过程，组织严密，环环相扣，如同弹奏一曲美妙的交响乐章，恢弘蓬勃，高潮迭起。

逢山开路，遇水架桥，面对地质条件恶劣的修路工地，勤劳创新的建设者们在崇山峻岭间演绎了“桥连隧、隧连桥”，穿群山，越万壑的高速公路奇观，场面蔚为壮观。

随着通车时间的步步逼近，建设工程进入了攻坚时刻。为了加快工程建设进度，建设者们马上对整体工作形势进行了全面分析，制定了路基、路面、房建、绿化、交通工程、通信管线等工程详细的施工计划，并召开了施工冲刺动员大会，群策群力，集思广益……

建设工地上的筑路大军，日夜奋战，向着如期通车目标快速前进。

郁南人民，乃至广东、广西、云南、贵州人民盼望已久的这一天终于到来了——

2010年6月30日，广州至昆明（简称广昆高速）高速公路粤境云浮市云城区河口镇至郁南县平台段正式建成通车，至此，广州至梧州高速公路实现全线开通（简称广梧高速）。从广州出发到广西梧州、桂林、玉林、南宁等地可以实现全程高速通达。

河口至平台段是国家高速公路“7918”网中的第18横——广州至昆明高速公路的重要组成部分，也是《广东省高速公路网规划》中的一横——惠州至（广西）梧州高速公路的一段。全长98.49公里，东起接广梧高速一期云浮东互通，西与广西苍梧至郁南高速公路相连，贯穿粤西山区腹地，串联了广肇高速公路、云（浮）罗（定）高速公路（在建中）、苍郁高速公路、国道G324、国道G321、省道S368、省道S352、省道S279等公路。该路是横跨粤桂两省、连接广东大西南、沟通省港澳及珠三角地区的交通大动脉，它的建成通车对完善广东省高速公路网络，加强粤西与珠三角地区的联系，强化广东与广西、云南、贵州等西南省区交通运输往来，促进“泛珠三角地区”区域的经济社会发展具有重要意义。

河口至平台段，郁南地段占总长的69%，是广东省内唯一一个部省联合实施勘察设计典型示范工程，同时也是唯一一个在建前就被确定为广东省交通运输厅首批科技示范工程的高速公路。全线地质条件复杂，桥隧比例大，施工技术要求高，桥隧比例达50%，部分路段更是达到80%。项目遵循“安全、环保、舒适、节约、耐久”的工程建设新理念，全面提高工程的科技含量和科技水平，实现工程建设与自然的和谐统一：重视原生态保护，采用本土植物绿化。在省内首创了研究培植本地植物种子和充分利用原生植物进行边坡绿化，营造“原生态”的高速公路绿化景观。绿色照明，节能环保。隧道照明系统采用LED节能照明的专项设计，以新一代的LED照明替代高压钠灯，并采用了国内先进的隧道动态调光方案，提出基于洞外环境亮度、交通量的照明智能控制系统，既保证行车安全，又节省能源。首次采用单边服务区设计。多个服务区作为广东省首个资源节约、环境友好型服务区，在山区服务区建设中第一次采用单边服务区设计，往来车辆停车区处在同一侧，可根据交通状况，动态调节停车位置，通过此设计可大大减少用地面积，避免对另一边开挖土方和环境的破坏。

广梧高速公路郁南段的通车，使郁南交通公路遇岭爬坡、遇坳绕弯、遇江过渡的历史，走上了四通八达的快车道。从县城出发去云浮市区仅用一小时，与原来两小时三十分相比省时一点五倍；从县城去广州仅用二小时三十分，与原来四小时三十分省时一倍多；从县城去广西梧州仅用半小时、去南宁仅用五小时……

如今，贯穿南县境的南广高速铁路也在如火如荼的建设之中，预计明年建城通车后，县域交通将更加便利……

郁南融入了珠三角及整个大西南的三小时经济圈，更有利于加强交通、产业、旅游商贸等方面的合作，对促进县域经济发展起着巨大作用。

郁南是全国有名的沙糖桔、无核黄皮之乡，素有“中国沙糖桔第一县”、“中国无核黄皮原产地”、“中国蚕茧大县”之称，还盛产用材林、肉桂、南药等。过去，果农们一直为水果运输难而发愁。因为水果保鲜期短，如运输时间过长，会在运输途中烂掉。高速公路的开通，当天上午摘的水果，下午便可运抵外省及港澳等地，彻底解决了果农卖果难、果商运果难等问题，大大调动了广大果农的积极性和提高了经济效益，增强了果商经营信心。

广梧高速公路还能进一步优化郁南与周边水陆运输网络建

设，加强与周边地区的经济等多方合作，对融入泛珠三角区域合作以及周边省区的合作发展，有效促进郁南各行各业发展，实现区域优势互补和共同繁荣发展具有十分重要的意义。如今，乘车路过广梧高速公路郁南段时，随处都可以感受到“城中有山，山中有水，林间有村，绿树花香，山水相映”的特色美景。

写到此，笔者突然想起筹建广梧高速公路时，曾有好多人都担心，全段路程的大部分路段都要穿越绿色的山林和果园区，可能会破坏沿途的生态环境，让青山绿水变的疮痍满目。可是，全程路段建成通车后，路貌告诉大家：这种担心完全是多余的，果然是一条名副其实的环保路、生态路、形象路。当笔者每次坐在车上，在宽敞平坦的高速路上行驶时，两面的青山绿水一片苍翠，那种醉人的绿呀，就像绿色的潮水一样奔涌而来，让人的眼眸里泛满了绿，心底里荡漾的都是绿。

郁南历史文化底蕴深厚，旅游资源丰富，而主要旅游景点则在高速公路沿线，在这一带，荟萃了龙井寺、石门、天后庙、龙盘寺、兰寨古村艺术基地、光二大屋、张公庙、天池庵、大湾古建筑群等，还有同乐大山、神仙滩等林区优美的自然景观和人文景观。为了向客人展示郁南美丽的自然环境，在每个出入口路段设置醒目的宣传牌。因此，让每个路过的客人都会感到，这条路给郁南工农业及旅游业的发展创造的机遇是前所未有的，它将会使郁南各行各业创造一个更新的辉煌。

广梧高速公路郁南段承载了两广及云南、贵州等省人民的梦想，也放飞了郁南人民经济腾飞的希望。每当笔者乘车行走在路上，都会感受到建设者们浓浓的郁南情、城乡经济建设的活力、全县人民盼望打开大西南大门的急迫心情、公路承载的拉动经济促进发展的能量……作为郁南土生土长的笔者，能够见证，能够记录，能够在郁南高速公路上留下深深的足迹，也是笔者行走在文学艺术道路上，一次非常难得的经历。

愿郁南公路的交通四通八达，沟通外界的路更短、更近、更宽、更舒适。

（三等奖 作者单位：郁南县委宣传部）